# LE CAPITAINE MAC' LÉAN

8° SÉRIE IN-12.

AVENTURES
DE TERRE ET DE MER

# LE CAPITAINE
# MAC' LÉAN

PAR

E. PARMENTIN.

LIMOGES
EUGÈNE ARDANT ET Cie, ÉDITEURS.

# LE
# CAPITAINE MAC' LÉAN

## PREMIÈRE PARTIE.

### LE DERNIER SURVIVANT DE LA SARAH.

---

#### I. — Un article de l'*Australian Gazette*.

Nous sommes à Londres, dans un somptueux hôtel de Regent Street, appartenant à une de nos meilleures et anciennes connaissances, Edward Wilson.

Deux heures de l'après-midi allaient bientôt sonner, et cependant l'hôtel était silencieux, la cour, le vestibule étaient déserts, comme si valets et maîtres n'avaient encore pu se décider à s'arracher aux délices d'un bon lit. Un

passant eût certes pu les accuser de paresse, à
voir ainsi les persiennes hermétiquement
closes, et les grands balcons déserts, avec leurs
vases de marbre, et les gracieuses plantes
d'outre-mer qui leur formaient une verdoyante
guirlande.

Cependant, dans un petit salon aux stores
soigneusement baissés, deux hommes réunis
se livraient à des occupations différentes. Le
premier était assis près d'une table chargée
d'albums, de journaux et de gravures, qu'il
feuilletait distraitement, passant d'une feuille
financière à une feuille politique, d'une revue
de sport à une gravure de modes. C'était sans
doute chez lui simple histoire de passer le
temps, car sa toilette de ville, ses gants et son
chapeau, posés à côté de lui, semblaient in-
diquer qu'il se disposait à sortir.

Le second était assis près de la cheminée, où
flambait un grand feu de charbon de terre, et
suivait de l'œil les flammes rouges et bleues du
combustible qui se tordait et gémissait sous les
coups répétés du tisonnier.

Celui-là — le second — n'attendait pas; il

s'impatientait, selon sa louable habitude de gentleman!...

C'était notre ami Wilson.

L'autre tordait de temps en temps sa fine moustache noire en jetant à la dérobée un regard sur la pendule du salon, et en profitait pour le laisser s'arrêter un instant sur Wilson.

Ce dernier se leva à la fin, et, abandonnant le tisonnier, il se mit à parcourir à grands pas l'espace exigu du salon.

Cette petite comédie était d'un caractère tellement significatif, que le vicomte de Morté, — son compagnon, — ne put retenir un formidable éclat de rire.

— Que voulez-vous, mon cher? s'écria Wilson, c'est insupportable d'attendre comme cela. Nous n'irons encore pas à Hyde-Park aujourd'hui!... C'est à en mourir d'ennui!... Ce docteur n'en fait jamais d'autres! Décidément....

— Un peu de patience, Wilson, interrompit de Morté, dont la gaieté s'était peu à peu réduite à un sourire. Il viendra... il viendra... et du reste ne soyez pas trop sévère!... Souvenez-vous des courses d'Epsom!...

Et il souligna ses dernières paroles d'un sourire railleur accompagné d'une légère menace de l'index.

— Oui, oui, je veux bien!... moi, repartit Wilson avec humeur. Je vous avais fait un peu attendre, mais pas si longtemps, pas si longtemps!...

— De façon à nous faire manquer le steeple-chase, qui était, comme vous dites ici, le *great attraction* du jour!..

— Admettons, termina Wilson, qui semblait peu se soucier d'entamer une discussion, toute pacifique qu'elle pût être.

Puis il reprit au bout d'un instant :

— S'il avait seulement pris le coupé pour aller jusqu'à Piccadilly! mais non, Monsieur le savant aime mieux aller à pied et nous faire attendre.

Ce dernier mot fut ponctué d'un soupir.

Au même instant le roulement d'une voiture se fit entendre sur le pavé de la cour.

— Une visite peut-être, fit Edward, je n'y suis pour personne.

Et soulevant curieusement le store, ils aperçurent un cab de remise arrêté au bas du perron. Le cheval était blanc d'écume et semblait avoir été surmené.

En même temps un pas saccadé se fit entendre dans l'escalier, la porte s'ouvrit brusquement, et notre ancien ami, le docteur Jérémias Klaüschen, sans chapeau, dans un désordre impossible à décrire, fit irruption dans le salon, tenant à la main un journal qu'il agitait avec désespoir. Il ne vieillissait point, ce brave docteur, et peut-être même avait-il découvert ou une recette infaillible de longévité, ou une nouvelle eau de Jouvence, car il était toujours en tout et pour tout ce que nous l'avons connu.

Comme il n'entrait pas dans les habitudes du brave docteur de se surmener de la sorte, les deux amis se précipitèrent au devant de lui, comme il se laissait tomber lourdement dans un fauteuil.

— Ah! mes chers amis! mes chers amis! s'écria-t-il enfin.

— Mais, au nom du ciel! Jérémias. qu'as-tu donc?... interrogea Wilson avec anxiété.

— Parlez, docteur, fit le vicomte.

— Mes chers amis!... mes chers amis!... répétait invariablement le docteur d'un ton lamentable.

Wilson et Georges s'interrogèrent mutuellement du regard, comme pour se demander s'il n'avait pas perdu la raison.

Wilson sonna et lui fit apporter un verre d'eau sucrée que le docteur repoussa pour lui tendre le journal le *Daily Télégraph*.

— Lisez... dit-il enfin.

— Où!... interrogea Wilson.

— Au commencement de la troisième page, répondit le docteur d'une voix étranglée par l'émotion.

Wilson déploya le journal et lut :

« On lit dans l'*Australian Gazette* :

» Encore un exploit d'audacieux pirates!..
» La goëlette *la Sarah*, commandée par le ca-
» pitaine Mac' Léan, allant d'Alexandrie à
» Melbourne, pour y prendre un chargement
» de laines, vient d'être victime d'un hardi
» coup de main

» Après une violente tempête qui l'avait

» entraînée loin de sa route, dans le nord de
» la côte australienne, à une distance qu'il est
» difficile d'évaluer, *la Sarah* fut rencontrée
» par un canot monté par sept hommes, qui
» se donnant comme naufragés d'un brick
» américain, demandaient aide et secours au
» capitaine Mac' Léan.

» Celui-ci n'ayant nulle défiance, les admit
» à son bord.

» La nuit suivante, les hommes de l'équi-
» page, surpris pendant leur sommeil, ont été
» massacrés et jetés à la mer. Seul, dit-on, le
» capitaine aurait été épargné.

» Un des matelots, le seul survivant, de qui
» l'on tient ces détails, a pu s'échapper en se
» jetant dans le canot des assassins, qui se
» trouvait à la remorque à l'arrière de la
» goëlette. Il a été recueilli quatre jours après
» dans un état d'inanition complète par le
» steamer *Prairy-Flower*, de Sydney, qui l'a
» ramené à ce port.

» On ignore complètement le sort réservé
» au capitaine Mac' Léan. Un croiseur a été
» immédiatement envoyé pour battre les îles

» et essayer de retrouver les traces des as-
» sassins, qui ont sans doute l'intention de
» faire flotter le pavillon noir à la corne d'un
» honnête bâtiment de commerce...

— Ce n'est-il pas épouvantable!... s'écria le
docteur en joignant les mains. Ce pauvre
Mac' Léan!... Mort, peut-être!

— Il y a encore autre chose, fit observer de
Morté, qui avait lu par-dessus l'épaule de
Wilson.

— Voyons, voyons... lisez, fit le le docteur.

— Voici, reprit de Morté : « Henry Dobson,
» le matelot présumé seul survivant de cette
» lugubre aventure, a pris passage à Sydney,
» sur le steamer *Queen of England*, qui doit le
» ramener à Londres, où il arrivera vers le
» 15 mars, si le beau temps se maintient. »

— Le 15 mars, fit Jérémias, et nous sommes
aujourd'hui?

— Le 8, répondit Wilson.

— Nous nous rendrons à bord du *Queen of
England* à son arrivée, reprit le docteur. Nous
verrons ce malheureux pour apprendre de sa
bouche de nouveaux détails sur le triste

événement qui nous a peut-être privés d'un ami!

— De grand cœur, répondit de Morté, et grâce à son influence, peut-être Wilson pourra-t-il faire quelque chose pour le sauver, s'il en est temps encore.

— Je n'épargnerai rien, je vous l'assure, répondit celui-ci.

— Enfin, l'on verra, murmura le docteur avec un soupir. A propos, ajouta-t-il, il ne nous servirait à rien de nous casser la tête contre les murs; tu voulais sortir, Wilson? Le temps est magnifique, la voiture est en bas, allons, comme vous le désirez tous deux, faire un tour à Hyde-Park, cela nous distraira. Venez-vous, de Morté?

— Je vous accompagne, répondit le jeune homme en prenant ses gants.

Quelques minutes après, une calèche les emportait au grand trot de ses chevaux anglais vers les allées ombreuses d'Hyde-Park, rendez-vous ordinaire du high-life de Londres.

Laissons-les réfléchir ensemble à la malheureuse position de leur ami Mac' Léan, et nous reportant un peu en arrière, revenons au cap de Bonne-Espérance, à la petite maison du docteur.

.    .    .    .    .    .    .    .    .    .    .    .

.    .    .    .    .    .    .    .    .    .    .    .

.    .    .    .    .    .    .    .    .    .    .    .

Après leur excursion dans l'intérieur de l'Afrique australe, excursion que nous avons eu le plaisir de relater dans un précédent volume, nos amis étaient revenus à bord de *la Sarah* jusqu'au cap de Bonne-Espérance, où le docteur leur avait de nouveau offert l'hospitalité.

Quant à Mac' Léan, il était immédiatement reparti pour Zanzibar, où l'appelait son commerce, et les avait laissés goûtant les douceurs du repos après un voyage assez mouvementé.

Deux ou trois mois passés, les jours poussant les jours, ni Wilson ni Georges de Morté n'avaient parlé de retourner en Europe.

Quant au brave docteur, il était trop heureux de les avoir pour compagnons d'études, de chasse et de pêche, pour leur en toucher le moindre mot. Wilson cependant se hasarda un jour à dire qu'ils empêchaient le docteur de se livrer à ses études favorites, et que rester plus longtemps serait abuser d'une hospitalité gracieusement offerte.

Le docteur se fâcha tout rouge, et répondit que bon gré, mal gré, ils resteraient. Ce à quoi Wilson répondit en donnant l'ordre à Williams de préparer ses malles.

Enfin, après avoir longuement discuté, après tous les efforts du brave docteur pour essayer de mettre Georges dans sa cause, il fut décidé que non-seulement ils partiraient, mais que Jérémias les accompagnerait et viendrait passer quelques mois à Londres.

Jérémias y consentit, à la condition expresse que l'on ne s'y rendrait pas directement, et que l'on prendrait le chemin des écoliers, le plus long possible.

Georges toujours railleur proposa le pôle nord. Restait à trouver un navire qui voulût bien prendre aussi le chemin de l'école buissonnière. Après avoir bien cherché, l'on trouva qu'il n'y avait guère que Mac' Léan

qui pût se prêter à ce caprice, et on lui
écrivit de vouloir bien revenir dès que ses
affaires seraient terminées.

Un mois plus tard, *la Sarah* jetait l'ancre
en rade du Cap, et nos trois voyageurs s'y
embarquaient, accompagnés du brave Williams, qui n'avait pas voulu se séparer du
docteur.

Wilson avait conseillé à ce dernier de
vendre sa petite maison, tentant de lui per-
suader que c'était folie, à un homme tel que
lui, de s'isoler ainsi de la civilisation, et lui
donnant une foule de bonnes raisons de ce
genre.

Mais le docteur ferma l'oreille à toutes les
flatteries, et répondit qu'il conserverait sa
maison du Cap, quand même il serait certain
de n'y jamais revenir.

Ils s'étaient donc emménagés à bord de
*la Sarah*, qui, prenant son vol, avait doublé
le Cap, et toute joyeuse de se sentir aller à
l'aventure, avait commencé son école buison-
nière.

Nos amis passèrent en vue de Madagascar.

au cap Sainte-Marie, allèrent jeter l'ancre à Bourbon, où ils restèrent quelques jours, puis, longeant la côte de l'île et doublant le cap d'Ambre, ils firent un crochet jusqu'aux îles Comores, dont ils visitèrent les deux plus importantes, Mayotte et Nossi-Bé, sur la côte N.-O. de Madagascar.

Ils remontèrent ensuite jusqu'à Zanzibar dans le Zanguebar, et réussirent à se faire recevoir du sultan, dont ils visitèrent la résidence.

Dans son scepticisme, Wilson ne trouva de bien que le port, qui, en effet, est admirablement protégé et réputé d'excellent mouillage.

Après avoir laissé les îles Seychelles à l'est, ils continuèrent leur route jusqu'à Aden, en passant entre le cap Gardafui et l'île de Socotora.

Mac' Léan les conduisit jusqu'à Alexandrie, où il les laissa pour s'en retourner dans l'Océan Indien, où le malheur devait le surprendre. Coup fatal et inattendu, mais de la volonté de bien plus puissant que nous!

Nos amis, eux, s'embarquèrent à Alexandrie pour Marseille, et de là se rendirent à Paris.

Après y avoir passé quelques jours chez Georges, ils s'étaient rendus à Londres, où nous les avons retrouvés.

La lumière faite sur le passé ignoré de nos lecteurs, nous allons reprendre le cours de notre récit.

### II. — Le *Queen of England*.

Le steamer de 1800 tonneaux le *Queen of England* venait de jeter ses amarres au quai, et lâchait sa vapeur désormais inutile, qui s'échappait des tuyaux avec un bruit assourdissant. L'hélice faisait ses derniers tours pour rapprocher le navire avec lequel on allait bientôt communiquer.

A peine la première passerelle était-elle assujétie du quai au pont du navire, qu'un homme s'y élança, immédiatement suivi de deux autres, chez lesquels on était toutefois obligé de remarquer un peu moins de précipitation. C'étaient nos trois amis, qui, fidèles à leur parole, venaient dès l'arrivée saisir au passage le dernier survivant de *la Sarah*, et lui demander un compte rendu exact et détaillé des péripéties de cet horrible drame.

Jérémias s'adressa à un matelot qui avait grand'peine à haler son amarre au milieu de la cohue des passagers et des visiteurs, et lui demanda où se trouvait le capitaine.

— If it please your honour... (S'il plaît à votre honneur) fit le marin en touchant son bonnet de la main.

Jérémias répéta sa question.

Le matelot répondit laconiquement en étendant le bras dans la direction de la passerelle du banc de quart placée au-dessus de la machine du steamer.

Le brave docteur, qui avait bien voyagé, eût bien dû se rappeler qu'on ne pouvait guère le trouver que là en pareil moment.

Il s'y dirigea donc au plus vite, fendant la foule de son mieux, et répétant à chaque pas quelques mots d'excuses aux personnes qu'il coudoyait avec une brusquerie peu parlementaire.

Les deux amis le suivaient à grand'peine,
et le flegmatique Wilson, malgré tout l'intérêt qu'il portait à Mac' Léan, avait grand
mal, je crois, à retenir un sourire prêt à lui
échapper.

Jérémias arrivé au bas de la passerelle,
en escalada lestement les quelques marches,
et s'adressant au capitaine bien reconnais-
sable aux trois galons d'or que portait sa
casquette :

— Mein herr, haben sie nicht hier einen
passagier von *Sarah?*

Le capitaine le regarda un instant, puis :

— Je ne vous comprends pas, Monsieur,
dit-il.

Le brave docteur n'étant plus à lui-même,
s'était servi de l'allemand!... Il répéta sa
question, mais en pur anglais cette fois.

— N'avez-vous pas ici un passager venant
de *la Sarah,* s'il vous plaît?

— Pardon, Monsieur, répondit l'Anglais,
nous en avons un, en effet, mais je ne puis
me mettre à votre disposition pour le moment,

nous en reparlerons dans quelques minutes, si vous le voulez bien.

Jérémias eût bien voulu insister, mais, quoique poli, le ton du capitaine du *Quen of England* n'admettait pas de réplique, et, malgré sa bonne envie de continuer ses questions, il salua et redescendit les marches de la passerelle pour venir retrouver ses amis qui l'attendaient sur le pont.

— Eh bien?... interrogèrent-ils tous les deux.

— Henry Dobson est à bord, dans quelques minutes nous saurons tout ce que nous voulons savoir.

Le steamer une fois solidement *abraqué* sur ses doubles amarres, le capitaine redescendit et vint au-devant de Jérémias.

— Monsieur, lui dit-il, vous m'avez parlé, je crois, d'un matelot passager provenant de la goëlette *la Sarah?*...

— Capitaine Mac' Léan, ajouta le docteur.

— Oui, Monsieur. Nous avons appris par la voix des journaux l'horrible malheur qui est arrivé, et comme ces messieurs et moi, nous

avons le plaisir de compter le capitaine
Mac' Léan au nombre de nos meilleurs amis,
nous désirerions voir ce matelot pour en
obtenir des détails et des renseignements.

— Je doute fort qu'en ce moment il puisse
satisfaire votre désir.

— Comment cela?... exclama Jérémias.

— Serait-il mort?... fit Georges.

— Le pauvre boy (garçon) est bien malade
des suites de cet accident qui l'a vivement
impressionné, et il aura besoin de bien grands
soins pour revenir à la santé. Je vais le faire
transporter d'urgence à l'hôpital maritime,
comme je viens d'en recevoir l'ordre.

Wilson sembla réfléchir.

— Il n'y sera peut-être pas très-bien
soigné, fit-il. Ne serait-il pas possible de le
faire conduire à mon hôtel, où je lui promets
tous les soins et les égards nécessaires à sa
guérison?...

— Certes, Votre Honneur, répondit le capitaine du *Queen of England*, je ne pense pas
qu'il puisse être mieux que chez vous. Je ne
m'y refuse pas, tout au contraire. On voulut

l'interner à l'hôpital pour le bien... rien q
pour le bien; n'ayant pas de parents à Lo..
dres, ce garçon, n'est-ce pas.

— Nous le guérirons, il faut espérer, rep
Wilson, et tout sera pour le mieux de c
côté.

— Ne pourrions-nous le voir? demanda
Jérémias.

— Pardon! pardon!... Votre Honneur, répondit le capitaine, qui devenait de plus en
plus affable; si vous voulez bien me suivre,
je vais vous conduire à sa cabine.

— Docteur, fit Georges, cela ne vous ser-
vira pas à grand'chose, si cet homme est
aussi malade qu'on le dit.

— Nous allons voir, répliqua Jérémias, chez
qui le médecin commençait à prendre le dessus, rien qu'à entrevoir la nécessité immédiate
de mettre sa science à profit et d'obtenir la
prompte guérison d'un sujet aussi intéressant.

Ils descendirent dans l'entrepont, précédés
du capitaine, qui leur montrait le chemin et
s'arrêta à la porte d'une cabine peu éloignée
du panneau de l'arrière, d'où les senteurs

désagréables de la cale s'élevaient abondamment.

— Il ne doit pas être très-bien ici, observa Jérémias. Il faut meilleur air que cela à un malade.

— Je l'ai cependant déplacé, Votre Honneur, fit le capitaine; il était à l'avant du navire, mais comme nous avons eu quelques gros temps et que le tangage le fatiguait beaucoup, je l'ai fait transporter ici. Et puis, ajouta-t-il avec un soupir dont nos amis se demandèrent la signification, la place nous fait souvent défaut à bord de nos navires!...

Ce disant, il poussa la porte et s'effaça pour laisser entrer les visiteurs.

La cabine était ce que sont toutes les cabines de navire, étroite et petite, recevant le jour par un seul hublot garni d'une glace.

Là, étendu sur un cadre et caché sous les couvertures de laine grise, sommeillait Henry Dobson, le matelot de *la Sarah*. Il ne se réveilla pas au bruit que firent les visiteurs, et sa respiration sifflante continua à se faire entendre par saccades... C'était un beau garçon, à la tête intelligente, aux grands favoris noirs, la moustache rasée selon l'usage ordinaire de la marine; les traits étaient énergiques, et quoique accentués, comportaient beaucoup de finesse dans les détails.

Enfin, son teint bronzé par le soleil des tropiques et les vents de mer lui donnait un aspect bien plus méridional qu'Anglais.

Jérémias s'approcha de lui et l'examina attentivement pendant quelques minutes; le regard du docteur semblait plonger jusqu'au fond de la poitrine du matelot.

— Qu'a dit le chirurgien du bord? demanda-t-il.

— Votre Honneur, — répondit le capitaine, — il croit à une fièvre maligne causée par la chaleur et l'abstinence de nourriture, et il craint fort que le pauvre garçon n'en revienne pas.

— Votre chirurgien se trompe assurément, — fit Jérémias avec humeur, — ce garçon en reviendra. Vous pouvez le lui dire de ma part. Je m'en charge.

— Tant mieux pour lui! j'en serai bien con-

2

tent, Votre Honneur, et il vous devra une
fameuse dose de reconnaissance. Quand pensez-vous l'emmener, Votre Honneur?

— Le plus tôt possible, — fit Wilson ; —
n'est-ce pas, docteur?

— Oui, dit Jérémias, demain matin, par
exemple...

— C'est que, Votre Honneur, fit le capitaine
du *Queen of England*, je dois repartir demain
de bon matin pour me rendre à Douvres, et...

Jérémias ne le laissa pas finir.

— Nous avons une voiture sur le quai, et
nous allons l'emmener tout de suite. Enve-
loppez-le chaudement, bien chaudement, dans
les c uvertures, et faites-le débarquer.

Le capitaine s'inclina et sortit pour revenir
aussitôt, suivi de quatre matelots qui se mirent
en devoir d'envelopper le malade dans ses
couvertures.

Celui-ci se réveilla à leur contact.

— Où me menez-vous? demanda-t-il d'une
voix faible.

— Leurs Honneurs ont la bonté de vous
emmener avec eux, fit le capitaine, ne crai-

gnez rien, mon garçon, vous serez mieux
soigné qu'ici.

Dobson ne répondit rien et se contenta
d'incliner la tête.

Cinq minutes après, il était étendu dans le
fond de la calèche de Wilson, et le docteur,
assis sur le devant, donnait l'ordre au cocher
de reprendre au pas la route de Regent-
Street.

### III. -- Le dernier survivant de *la Sarah.*

Comme il l'avait promis, le docteur s'installa dès l'arrivée au chevet de son malade et
ne le quitta ni jour ni nuit jusqu'à ce qu'il fut
certain de le voir en voie de guérison.

Le brave Jérémias n'épargna ni ses nuits
ni ses soins; il lui semblait, en soignant le matelot de son ami, soigner Mac' Léan lui-même,
et il aurait peut-être considéré le capitaine
comme perdu si le malheureux matelot en
était venu à succomber à la fièvre qui le
dévorait. Parfois, dans son délire, celui-ci avait

eu des hallucinations, des souvenirs de cette fatale nuit qui avait peut-être fait de l'honnête goëlette un navire de pirates; il croyait voir encore le sang coulant sur le pont du navire, ses compagnons se défendant avec l'énergie du désespoir, et plus d'une fois Jérémias avait été obligé d'appeler Williams pour l'aider à le maintenir sur sa couche.

Puis peu à peu la fièvre avait diminué, cessé, et de jour en jour le docteur espérait enfin. pouvoir obtenir des explications sans faire craindre au matelot une rechute dangereuse.

Wilson et de Morté ne restaient pas en arrière; comme Jérémias, ils avaient pris la tâche à cœur, et le souvenir du pauvre Mac' Léan, souvenir, hélas! bien souvent évoqué, leur faisait plus que jamais désirer le jour où le matelot pourrait enfin parler.

Lorsque le mieux se fut enfin prononcé et que le matelot convalescent put enfin se lever et venir s'asseoir au coin du feu dans un bon fauteuil, lorsqu'il put remercier ses bienfaiteurs d'une voix que l'épuisement et l'émotion affaiblissaient encore, Jérémias quitta le chambre du ma'ade et n'y vint juste que le nécessaire, craignant — le brave docteur — de ne pouvoir résister à la tentation et de ne point arriver à parfaire son œuvre de guérison.

Wilson et Georges en faisaient autant. La plus grande circonspection entourait Lobson. Ordre était donné à tous les domestiques de l'hôtel de ne jamais entrer dans cette chambre, ce dont le vieux Williams seul avait l'autorisation.

C'était un vieux et fidèle serviteur, celui-là! on en était sûr.

Enfin, le jour tant désiré arriva. Le convalescent, désormais plus fort, put sortir en voiture avec les amis de son capitaine. Wilson lui avait fait apporter deux habillements de marin pour remplacer les siens usés; il avait même voulu l'habiller un peu plus à la gentleman, mais Jérémias s'y était opposé.

— Laissons chacun à son rang et place, avait dit le docteur; et contentons-nous de faire le bien sans exagération. N'enorgueillissons pas ce garçon, qui est probablement un brave cœur, mais que nous ne connaissons pas encore assez. Nous pourrions plutôt lui nuire que lui être utiles.

Or, dans la soirée de ce même jour, nos amis le firent dîner à leur table. Après le dessert, Jérémias les conduisit au salon et leur fit signe de s'asseoir.

Wilson et Georges ne disaient mot; ils laissaient à la perspicacité du docteur le soin de l'interrogatoire.

— Henry, mon garçon, — commença le docteur, — vous ne nous connaissez pas et vous ignorez, n'est-ce pas, le but que nous avons poursuivi en vous recueillant et en vous soignant ici, au point que vous êtes guéri à l'heure qu'il est, et bientôt en état de reprendre la mer si bon vous semble?

— C'est vrai, tout cela, Votre Honneur, répondit le matelot, je ne vous connais pas, mais je vous remercie, qui que vous soyez. Vous ne pouvez être que des braves gens pour avoir arraché à la mort un pauvre diable de matelot qui ne vous offrait pas beaucoup d'intérêt.....

— Vous vous trompez, Henry, vous nous intéressez beaucoup, au contraire, car vous avez été matelot à bord de *la Sarah*, n'est-ce pas, mon garçon?

A cette question, le matelot devint pâle, comme si les souvenirs de cette nuit terrible se représentaient à sa mémoire sur l'évocation de ce simple nom.

— Oui, Votre Honneur, répondit-il. Une bonne petite goëlette, hélas!...

— Eh bien, Henry, nous sommes les amis de votre ancien capitaine, le pauvre Mac' Léan.....

— Ah! vous connaissiez le capitaine, Votre Honneur?

— Vous étiez à bord la nuit de la surprise?

— Oui, Votre Honneur, et je suis très-probablement le seul qui ait réussi à s'échapper.

— Voulez-vous raconter ce que vous savez de cette scène, Henry?

— Bien volontiers, Votre Honneur, quoique j'eusse préféré vous satisfaire en autre chose; mais puisque vous le voulez, je vous

dois trop de reconnaissance pour pouvoir vous
le refuser.

— Nous vous écoutons, Henry.

Le docteur s'enfonça dans son fauteuil, et,
le menton dans sa main, prêta attentivement
l'oreille en regardant le matelot.

— C'était le lendemain de la Toussaint,
commença le matelot, le jour de la fête des
Morts ; soit dit en passant, je suis catholique,
Votre Honneur. Nous avions essuyé une
bourrasque comme jamais, foi de matelot, je
n'en avais vu de ma vie. Nous avions une
voie d'eau qui put être étanchée à temps,
nos bonnettes du petit perroquet et du petit
hunier avaient été enlevées par le coup de
vent, notre grande voile ne valait plus grand'-
chose, notre mâture était en mauvais état,
car bien des manœuvres courantes avaient
été cassées, et de plus nous nous trouvions en
dehors de notre route au moins d'un demi-
degré dans le sud-est.

C'était la première fois que nous avions
mauvais temps depuis notre départ d'A-
lexandrie.

— Alexandrie... interrompit le docteur, c'est sans doute là que vous vous êtes embarqué sur *la Sarah?*...

— Oui, Votre Honneur, j'attendais là un embarquement. Je me suis proposé au capitaine, qui a bien voulu prendre un matelot de plus. Je ne lui ai guère porté bonheur... mais il n'y a pas eu de ma faute, Votre Honneur, j'ai fait ce que j'ai pu.

— C'est bien, Henry, continuez.

Dans la journée, nous ne devions être qu'à une quarantaine de milles de la terre à l'est, quand nous aperçûmes à tribord, au large de la goëlette, un canot qui nous faisait des signaux de détresse désespérés.

Mettre en panne pour leur donner la facilité de nous rejoindre fut l'affaire d'un instant. Nous remarquâmes tous alors que le canot était possesseur d'une excellente voilure, et qu'il avait une marche supérieure à celle des embarcations de ce genre; mais comme on ne pensait pas à mal, on se contenta de dire qu'ils avaient eu de la chance d'avoir encore une embarcation de ce genre pour échapper à la mer.

Ils nous accostèrent par l'avant et rangèrent le bord de la goëletto en nous criant qu'ils étaient naufragés du brick américain le *Montréal*, lequel avait la veille sombré sous voiles, et nous supplièrent de les recueillir à notre bord, en ajoutant que le capitaine les débarquerait où bon lui ferait plaisir.

Ils avaient de laides figures, Votre Honneur, mais comme en définitive la figure ne fait pas l'homme, nous les accueillîmes, mais cependant avec certain sentiment de défiance que nul de nous ne put s'expliquer.

Le capitaine les fit loger dans le poste des matelots, et veilla à ce que tout le nécessaire leur fût donné.

Le soir, j'étais à la barre, Votre Honneur, lorsqu'il me sembla entendre des cris étouffés partir du poste de l'avant. Le second, monsieur Horner, se promenait de long en large sur le pont, et je n'abandonnai pas la barre.

Les cris devinrent plus distincts, et soudain deux de nos matelots sortirent de l'écoutille, blessés et fuyant devant ces bandits, qui se précipitèrent sur le pont.

Au même instant, le second, M. Horner, était saisi et jeté à la mer.

Ah!... si nous avions su, Votre Honneur, si nous avions su!...

Le capitaine était dans sa cabine. Je saisis une barre d'anspect et j'étendis à mes pieds le premier qui s'avança. En ce moment le capitaine monta sur le pont, et d'un seul coup d'œil se mettant au courant de ce qui se passait, il déchargea sur eux les six coups de son revolver.

Il ne les toucha pas, et c'était cependant un bon tireur. La surprise peut quelquefois faire trembler.

Je reculai jusqu'à lui pour lui prêter main-forte. Nous appelâmes nos compagnons, aucun ne répondit. Ils étaient tous égorgés, les pauvres malheureux, et n'avaient garde d'entendre nos appels. M. Horner, qu'ils avaient jeté à la mer, avait disparu; la goëlette allait à l'aventure, j'avais amarré toutes les écoutes et fixé la barre droit devant.

Le matelot semblait fatigué; Jérémias l'interrompit :

— Reposez-vous un instant, mon garçon. Il ne faut pas vous épuiser. Nous avons tout le temps.

Dobson prit son mouchoir et s'essuya le front, où perlaient de grosses gouttes de sueur.

— C'est une bien triste histoire, Votre Honneur, fit-il.

— En effet, murmura le docteur; qui l'eût pensé il y a quelques mois, pendant la joyeuse traversée que nous accomplissions ensemble!

Ce disant, il se tourna vers Wilson et Geoges, qui ne répondirent que par un signe d'assentiment.

— Je ne suis plus fatigué, fit le matelot. Je puis continuer si vous le voulez, Votre Honneur.

— Soit, mon garçon, continuez.

— Nous étions donc tous deux à l'arrière de la goëlette, le capitaine et moi, n'ayant chacun qu'une barre de guindeau pour toute arme; mais c'est égal, Votre Honneur... quand c'est bien manœuvré, ça fait de l'ouvrage!...

Nous nous défendîmes comme des lions, surtout le capitaine; mais il fut malgré tout entouré et saisi.

Moi je trébuchai contre un câblot et tombai à la renverse; nous fûmes garrottés sans pouvoir nous défendre, et adossés aux bastingages.

— Voyons, fit l'un d'eux qui paraissait être le chef, qu'allons-nous faire de ces deux-ci?...

— En finir comme des autres!... ou bien quoi? Nous ne pouvons les garder là.

— Il ne faut pas tuer le capitaine, opina un second, j'ai navigué sous ses ordres, moi, et c'est un bon matelot pour son équipage. Il ne manque pas d'îles désertes par ici.

— Tu as raison, Sam, répondit le premier. Quant à l'autre, hop! par dessus le bord. Mais déliez-lui d'abord les mains et les pieds, il n'y a pas à craindre qu'il se tire d'affaire.

D'abord je m'étais cru perdu; mais quand j'entendis qu'ils allaient me laisser libre de mes mouvements, j'eus encore une lueur d'espoir et je pensai me sauver. Dieu était avec moi, du reste.

Je me laissai donc faire ; ils me délièrent et me jetèrent par dessus le bastingage de tribord arrière.

— Bon voyage, garçon, me crièrent-ils.

Je suis bon nageur, Votre Honneur, et je ne perdis pas mon sang-froid. S'ils en avaient fait autant du capitaine, nous serions sauvés tous les deux à l'heure qu'il est, pendant que lui..... Enfin, Votre Honneur, il vaut mieux ne pas parler de cela.

Henry Dobson avait une larme dans les yeux en prononçant ces dernières paroles.

— En tombant à la mer, reprit-il, je me laissai couler, car je me doutais bien qu'ils allaient essayer de s'assurer si j'y étais resté ; puis je revins sur l'eau pour reprendre haleine. La nuit était noire, je rattrapai promptement l'arrière de la goëlette.

Si sa toile n'avait pas été masquée à ce moment, Votre Honneur, j'étais un homme perdu. Les forbans avaient laissé leur canot à la remorque, je l'aperçus et réussis à me hisser dedans, puis je coupai l'amarre.

Je laissai la goëlette s'éloigner, puis quand

elle fut hors de vue dans la nuit, j'établis la voilure et je me mis à filer vent arrière sans savoir où j'allais.

Je n'avais pas de vivres à bord, et j'étais à demi-mort de faim, quand le *Prairy-Flower* me recueillit quatre jours après. Puis j'ai été ramené à Sydney. Voilà tout ce que je puis vous dire, Votre Honneur, et je vous affirme que c'est là l'exacte vérité.

Le docteur était pensif, Georges et Wilson ne se départissaient pas de leur silence, dans lequel devaient se mûrir bien des projets.

— Je vous crois, mon garçon, fit enfin le docteur. Vous n'avez du reste pas d'intérêt à nous tromper. Je vous remercie de tous ces détails malheureux que nous désirions beaucoup connaître, et vous pouvez être assuré que nous ferons quelque chose pour vous.

— Vous êtes trop bon, Votre Honneur, répondit le matelot d'une voix émue; c'est moi qui vous dois de la reconnaissance, car sans vous je serais déjà allé rejoindre mes pauvres compagnons de *la Sarah*. Je ne saurai jamais acquitter cette dette-là, mais vous pouvez être certain, Votre Honneur, que tant qu'Henry Dobson vivra, il sera corps et âme à votre service, quoi que vous puissiez lui demander.

— Hélas! soupira le docteur, nous voudrions pouvoir avoir besoin de vous. Mais, mon garçon, nous vous avons fait causer aujourd'hui plus que d'habitude, le repos doit vous être nécessaire; vous pouvez vous retirer dans votre chambre.

Ce disant, Jérémias sonna Williams et lui donna l'ordre de reconduire le marin, qui souhaita le bonsoir et sortit.

— Eh bien! mes amis, qu'en dites-vous?... fit Jérémias dès que la porte se fut refermée.

— Mon avis, dit Georges, est qu'il faut à tout prix obtenir de l'amirauté l'application de mesures énergiques tendant à des recherches immédiates qui ne manqueront pas de faire retrouver Mac' Léan s'il est encore de ce monde.

— Oui, dit Wilson, c'est bien là un bon moyen, mais il y aura des difficultés, des lenteurs, et au point où le récit de ce garçon nous a conduits, c'est tout au moins de la promptitude qui est absolument nécessaire.

— Tu as raison, reprit à son tour le docteur, mais comme il n'y a que ce moyen, il faut l'accepter.

— Il y en a un autre, ajouta laconiquement Wilson.

— Lequel?

— Y aller nous-mêmes!

— Bravo!... s'écria Georges. Wilson, vous avez eu la meilleure idée. Nous sommes riches, à quoi cela nous sert-il, tout cet argent? Nous aurons beaucoup plus d'activité par l'amitié commune portée à Mac' Léan que des matelots qui n'y iraient que par devoir et s'en tiendraient peut-être à des recherches superficielles.

— Hum! fit Jérémias en réfléchissant; savez-vous, mes amis, ce serait là une rude tâche que celle que nous entreprendrions. Il y a loin d'ici à l'Océanie, il faut un bon navire, un bon équipage, un bon capitaine, car personne de nous n'est capable de commander convenablement un brick ou une goëlette.

— Le capitaine est facile à trouver, répliqua Wilson, nous l'avons...

— Comment cela?...

— Henry Dobson!...

— Hum! fit à son tour Georges, croyez-vous que ce matelot soit en état de faire notre affaire? C'est un marin au sens propre du mot; de plus, c'est un homme qui dans les circonstances difficiles qu'il a rencontrées, a prouvé son intrépidité. A mon avis, il serait à la hauteur de ces fonctions.

— Je le crois aussi, dit Jérémias.

— La nuit porte conseil, conclut Wilson.

Le lendemain les retrouvait au salon en compagnie d'Henry Dobson.

— Mon ami, lui dit Wilson sans plus de préambules, vous aimiez votre capitaine Mac' Léan, n'est-ce pas?...

— Oui certes, Votre Honneur, je n'ai jamais eu meilleur depuis que je navigue.

— Et il y a?... interrogea curieusement Georges.

— Dix-huit ans bientôt, Votre Honneur; à l'âge de douze ans, je partais comme mousse à bord de la goëlette *la Pearl*, pour aller à Guyaquil.

— Cela veut dire que vous avez l'habitude de la mer et que vous sauriez conduire un vaisseau à trois ponts de la marine royale ?

— Voyons, mon garçon, dit à son tour le docteur, si par exemple nous partions pour essayer de retrouver le pauvre Mac' Léan, votre capitaine, serait-il de votre goût de nous accompagner?...

— Oh! de grand cœur, Votre Honneur ; pour cela je vous accompagnerai jusqu'au bout du monde.

— Nous n'irons pas si loin, fit Jérémias en retenant un sourire. Eh bien! mon garçon, voici ce que nous avons à vous dire :

Voulez-vous vous charger de la conduite du navire que nous équiperons à nos frais? Vous ne serez pas mécontent de vos appointements, je vous l'assure...

Le marin pâlit et hésita un instant.

— Mais, Votre Honneur, balbutia-t-il, je ne suis pas capitaine, moi, je ne suis qu'un pauvre matelot!...

— Qui a été second à bord du brick *le Wellington*, ajouta Wilson, qui sans rien dire avait fait prendre des renseignements sur le marin.

— Quoi!... vous savez cela, Votre Honneur! C'est vrai, j'ai été second ; mais les bons embarquements sont rares, et mon rang de simple matelot à bord de *la Sarah* me rendait plus content que celui de second sur un autre navire.

— Et vous acceptez? interrogèrent-ils.

— J'accepte, répondit franchement le marin.

— Eh bien! fit Jérémias, vous voilà capitaine d'un navire que nous ne connaissons encore pas, mais qui sera prêt à mettre à la voile dans quinze jours au plus tard. Vous êtes chargé dès aujourd'hui de vous procurer un équipage, et je n'ai pas besoin de vous recommander, capitaine, de n'accepter que des hommes d'élite et de bons sujets. Les guinées ne feront pas défaut, nous mettons à votre disposition les fonds qui seront nécessaires.

— Soyez sans crainte, Votre Honneur, je connais mon monde, et l'équipage sera tenu

aussi serré qu'un nœud de bouline, je vous le
promets.

— De plus, fit Wilson, il est inutile de dire
à ces gens ce que nous allons faire en Australie. Pour tout l'équipage, nous serons des
gens qui ont de l'argent à jeter par les
fenêtres et la manie des voyages, et qui ne
veulent pas être astreints aux escales des
paquebots.

— Bien, Votre Honneur, il sera fait comme
vous le dites.

— Il faut aussi, ajouta Jérémias, faire choix
d'un bon navire. Vous nous accompagnerez,
Henry, car nous ne nous y connaissons guère,
et vous ferez à votre idée là-dessus.

— Une goëlette de petit tonnage, une bonne
marcheuse dans le genre de *la Sarah*, ferait
l'affaire, Votre Honneur.

Wilson se chargea des démarches près de
l'amirauté anglaise, Georges de la centrali-
sation des fonds nécessaires et des crédits à se
faire ouvrir dans les maisons le banque australiennes de Melbourne, de Sydney et de
Victoria.

Jérémias s'occupa de l'installation générale et des préparatifs du départ.

Nos amis furent fidèles à leur promesse, car dix-huit jours après, le *Franckland*, petit steamer, mâté en goëlette et pourvu d'une machine de 150 chevaux, monté par vingt hommes d'équipage, les emportait à toute vapeur au large des côtes d'Angleterre, et courait dans la Manche retrouver l'Océan Atlantique.

Sur la passerelle de commandement, se tenait Henry Dobson, qui portait fièrement à sa casquette les trois galons de capitaine.

# DEUXIÈME PARTIE.

—

## NAUFRAGÉS!

———

### I. — Sydney.

Trois mois s'étaient écoulés.

Le printemps fleurissait en Europe et l'hiver commençait pour la Nouvelle-Hollande, mais l'hiver qui n'a guère de rapport avec le nôtre que par la similitude du nom.

C'était donc un matin de mai 187... Un soleil radieux dorait les collines qui entourent Sydney, la reine du Pacifique, et venait joyeusement se jouer sur les façades blanches des maisons qui garnissent les hauteurs. La

ville apparaissait confusément au milieu d'une
buée bleuâtre qui s'élevait de plus en plus et
qui bientôt allait se fondre sous les rayons du
soleil.

Un navire à vapeur venait de traverser les îles
Vertes, qui forment à Sydney une vaste et
verdoyante ceinture, et rentrait à toute vitesse
dans Port-Jackson. De sa cheminée s'échap-
paient des torrents de fumée noire, ce qui
prouvait qu'il chauffait encore, et que son intention n'était pas de faire un long séjour le
long des quais de la cité australienne. Ce
navire, c'était le *Franckland*.

Nous connaissons ses passagers.

Nous les retrouvons sur le pont, saluant
la côte avec émotion et plongeant avidement
le regard au milieu des fouillis des mâtures
qui se dessinaient au dessus des construc-
tions.

Ce regard disait clairement le secret espoir
qui faisait battre leurs cœurs. Ce n'était à vrai
dire qu'un gigantesque point d'interrogation
après toutes les questions que déjà si souvent
ils s'étaient posées eux-mêmes sur le sort

qu'avait dû subir le malheureux capitaine de *la Sarah!*...

Le navire avait rapidement traversé le port, subi la visite de la douane, et était venu s'amarrer le long du quai du Grand Port.

Henry Dobson présidait à la manœuvre et en un clin d'œil le steamer était paré à laisser descendre ses passagers.

Sur ces quais toujours animés on le regardait avec curiosité et l'on se demandait quel était ce navire qui, pour un yacht de plaisance, avait toutes les allures d'un clipper de guerre.

Deux canons de petit calibre montés à pivot sur le pont ajoutaient encore à sa tournure militaire. Sa mâture soignée, correcte dans tout le gréement, ses allures de marcheur, en entrant à Port-Jackson, intriguaient les individus de toute nationalité qui l'examinaient curieusement.

L'équipage, qui, par l'ordre de Jérémias, avait reçu des instructions formelles de son capitaine, ne desserrait pas les dents et se tenait tout à la manœuvre sans répondre aux nombreuses questions qui partaient du quai.

Les curieux étaient désappointés et se demandaient si ces gens étaient Anglais ou Américains, Russes ou Français!...

Nos amis ne s'en inquiétaient guère, et lorsque tout fut rangé à bord, ils se rendirent en voiture à l'hôtel du Royal-Georges, un des plus grands établissements de Sydney, où ils furent reçus avec toute l'affabilité que devait un propriétaire à des gens qui faisaient sonner bien haut les guinées et les couronnes.

Lorsque chacun de leur côté ils se furent livrés à tous les petits soins de toilette indispensables à l'arrivée, ils vinrent se retrouver au salon, comme il était convenu.

Là, conciliabule tenu, il fut décidé qu'aussitôt toutes les démarches faites vis-à-vis des autorités anglaises, on reprendrait immédiatement la mer, que l'on côtoierait toute la terre australienne en prenant Sydney comme point de départ et d'arrivée, remontant d'abord la côte est pour redescendre à l'ouest et au sud, visitant ainsi les côtes baignées par la mer des Indes et le grand Océan.

Nos amis ne s'étaient pas refroidis; ils possédaient toujours cette ardeur du premier mouvement qui les avait poussés jusqu'à ce continent lointain. Ils ne pouvaient croire à la mort de Mac' Léan; or, Mac' Léan vivant, il fallait à tout prix le retrouver et le rejeter dans le monde d'où il avait été si brusquement arraché.

Avec l'aide de Dieu ils ne désespéraient pas, et bien souvent, après avoir perdu de vue les côtes de la brumeuse Angleterre, Jérémias avait dit d'un ton rempli de conviction :

— Dieu est là!... Soyons fermes et nous ramènerons Mac' Léan!...

Cette idée fixe les absorbait à ce point qu'ils ne concevaient pas le retour possible sans l'infortuné capitaine.

Il fallait donc se mettre à l'œuvre, agir, agir sans perdre une seule minute.

Le temps fuyait, fuyait avec une rapidité qui leur semblait tenir du prodige.

Jérémias s'était informé près du propriétaire

du Royal-Georges du bruit qu'avait pu soulever cette affaire; il avait feuilleté tous les journaux des mois précédents, et son indignation avait été profonde en constatant que depuis longtemps déjà aucune feuille n'en soufflait mot.

Le monde est grand, — *chacun pour soi, Dieu pour tous* — est une bien peu charitable devise, hélas!... trop souvent mise en action, et par ce fait même, *la Sarah* et son capitaine étaient oubliés.

Le soir même, le docteur, accompagné seulement de Wilson, se présentait au palais du gouverneur, et réclamait de ce dernier la faveur d'un moment d'entretien.

Ce fonctionnaire étant occupé, on les pria de revenir le lendemain. Mais Jérémias était tenace, il voulait ce qu'il lui fallait savoir, et il fût plutôt revenu vingt fois au risque d'être éconduit.

Le lendemain, ils furent plus heureux et on les introduisit dès leur arrivée dans le cabinet du gouverneur. Celui-ci les reçut d'une façon très-affable, et les premières paroles de politesse échangées, il s'informa du but de leur visite.

Jérémias le mit aussitôt au courant. Dès les premiers mots, le front de l'officier se rembrunit, mais il laissa le docteur exposer avec chaleur ses théories et lui demander son appui dans l'œuvre d'humanité qu'ils avaient entreprise.

Pour le docteur, du reste, l'appui n'était encore qu'une question secondaire, il voulait surtout des renseignements officiels dont l'exactitude ne pouvait être contestée.

— Monsieur, lui dit le gouverneur, lorsqu'il eut terminé, je regrette de ne pouvoir en cette circonstance vous être aussi utile que je le voudrais. Plusieurs versions courent à ce sujet, et moi-même je suis contraint de vous avouer que je ne suis pas en état de vous fournir des assertions garanties de pure authenticité. Il n'y a qu'un seul homme au monde qui puisse vous renseigner, et malheureusement j'ai tout lieu de croire qu'il vous sera très-difficile de le rejoindre, car il a quitté la colonie il y a quelques mois, pour se rendre en Angleterre...

Cet homme, c'est l'unique survivant de l'équipage de la goëlette, un matelot du nom de Henry?... Henry?... Attendez...

Et le gouverneur se mit à compulser quelques papiers dans un casier de son bureau.

— Ne cherchez pas, monsieur le gouverneur, interrompit Jérémias, il se nomme Henry Dobson.

— C'est cela, répondit le gouverneur.

— Henry Dobson n'est pas en Angleterre, reprit le docteur, et s'il n'y avait que cette difficulté, elle serait bien vite aplanie. Henry Dobson est à bord de notre steamer le *Franckland*, sur lequel nous avons fait la traversée.

— Mais alors, observa le gouverneur, il a dû vous donner un récit détaillé du drame de *la Sarah?...*

— Sans doute, Monsieur, répondit Jérémias, mais ce n'est pas tout ce que nous voudrions savoir. Après la capture de *la Sarah*, qu'ont pu faire les bandits? Quelle route ont-ils suivie? C'est là le plus essentiel, malheureusement le plus obscur!... Pour retrouver le capitaine

Mac' Léan, s'il est encore vivant, il importe, il est indispensable d'avoir sinon un point de départ, du moins des traces à suivre, ou des indices de nature à pouvoir rétablir la vérité.

. — La mer ne garde pas de traces, et je n'en sais pas plus que vous, Messieurs. Toute cette fatale histoire est restée enveloppée d'un voile impénétrable. Sur le chaud de l'affaire, lorsque le *Prairy-Flower* nous a ramené le matelot Dobson, nous avons fait tout le nécessaire. La corvette *la Pearl*, que nous avons immédiatement envoyée sur les lieux présumés du crime, a battu la côte, une partie des îles, et n'a rien retrouvé.

La capture de *la Sarah*, l'enlèvement de Mac' Léan, restaient donc une énigme insoluble!...

Il y eut quelques instants de silence.

— Monsieur le gouverneur, dit à son tour Wilson, qui jusque-là avait écouté sans mot dire, il est inutile que nous vous importunions plus longtemps. Permettez-nous, avant de nous retirer, de vous remercier de tout ce que vous avez fait pour notre ami. Si Dieu nous permet

de le retrouver sain et sauf, nous nous ferons
à la fois un plaisir et un devoir de vous en in-
former.

L'officier s'inclina en guise de remerciment.

— Dieu le veuille! Messieurs, mais permet-
tez-moi à mon tour de vous demander ce que
vous comptez faire.

— Nous avons un bon navire, répondit le
docteur, un équipage dévoué, un capitaine
qui, je le crois, donnerait sa vie pour sauver
M. Mac' Léan; mes amis et moi, sommes disposés à tout entreprendre..... Nous battrons
les mers, les côtes, les îles jusqu'à ce que nous
ayons réussi ou qu'il ne nous reste plus la
moindre lueur d'espérance.

— Espérons que vos efforts seront secondés
du Ciel, reprit le gouverneur. Je regrette de
ne pouvoir rien; mais, je serai avec vous de
cœur, Messieurs, et mes meilleurs souhaits
vous accompagnent...

Les visiteurs remercièrent et se retirèrent
poliment, accompagnés par le représentant de
l'autorité anglaise.

— Eh bien!... fit tristement Wilson, lorsqu'ils se retrouvèrent dans la rue, faut-il perdre toute espérance?...

Le docteur secoua la tête d'une façon énergique.

— Non, mille fois non! répondit-il; ce que les hommes ne peuvent pas, Dieu le peut, et quand il ne fait pas tout par lui-même, il aide les hommes à le pouvoir. J'ai la conviction qu'il nous aidera.

Le docteur avait dans la voix un tel accent de certitude, que Wilson ne répondit pas.

Ils rentrèrent au Royal-Georges, où les attendait impatiemment de Morté, auquel ils rendirent compte de leur visite.

— Nous allons reprendre la mer, dit Jérémias en terminant.

— Le plus tôt sera le mieux, répondit Georges.

— Demain, conclut le docteur.

Et il envoya chercher Henry Dobson, auquel il donna l'ordre de se préparer à partir le lendemain à la pointe du jour.

Puis ils se firent conduire en voiture à

Potts-Point, où un canot du *Franckland* les attendait pour les transporter à Garden-Ile.

Ils y passèrent à s'ennuyer le reste de la journée.

Lorsqu'ils rentrèrent au Royal-Georges, le propriétaire vint lui-même les avertir qu'un matelot qui n'avait pas dit son nom était venu demander à parler *à ces Messieurs*.

— A-t-il dit qu'il reviendrait?... demanda Georges.

— Si ces Messieurs voulaient bien le recevoir ce soir...

— Vous le ferez monter lorsqu'il se présentera.

— Quelque matelot qui sans doute voudrait s'embarquer sur *le Franckland*, dit Wilson.

— C'est probable.

Nos amis ne voulant pas se mêler aux autres convives du Royal-Georges, afin de ne pas répondre aux questions qui auraient pu leur être adressées, se faisaient servir dans leurs appartements, et comme le soir ils se disposaient à passer sur le balcon pour allumer leurs cigares et déguster un verre d'excellente crême des Barbades, on vint les avertir que le matelot était arrivé et qu'il attendait en bas.

Jérémias donna l'ordre de le faire monter, et quelques instants après l'inconnu faisait son entrée dans la salle à manger, dont la porte se referma sur lui.

C'était un grand garçon, de figure assez commune, type des hommes du Nord par sa chevelure d'un blond fade et sa barbe de même couleur, coupée en fer à cheval. La moustache longue et effilée cachait à demi une grande bouche mince dont les lèvres semblaient être soudées l'une à l'autre.

On ne remarquait dans sa physionomie qu'une seule chose qui frappait au premier abord, c'était deux grands yeux gris bleu empreints d'un mélange de malice et de naïveté. — Cette dernière peut-être un peu trop essayée. — Il restait debout, le bonnet dans les mains, semblant attendre qu'on l'interrogeât.

— Vous avez demandé à nous parler, lui dit Jerémias, que désirez-vous, mon garçon!...

— Votre Honneur, répondit le matelot, j'ai entendu parler un peu de ce que *le Franck-land* est venu faire sur ces côtes...

— Comment savez-vous cela?... interrompit sèchement Wilson.

— On en cause beaucoup sur les quais, Votre Honneur.

— Et vous venez demander à prendre du service à bord?

— Précisément, Votre Honneur.

— C'est impossible, mon garçon. Notre équipage est au complet, et nous n'avons besoin de personne.

Ceci pouvant passer pour un congé en bonne forme, nos amis crurent que le matelot allait se retirer. Il n'en fut rien.

— C'est que, Votre Honneur, je pourrais peut-être bien vous être utile, sans me vanter.

— Racontez-nous cela, fit Wilson.

— Voici, Votre Honneur : J'étais ici au moment où *la Sarah* a disparu, et là-dessus j'avoue que je n'en sais pas plus que les autres.

J'étais alors embarqué sur la goëlette *l'En-chantress*, que je viens de quitter maintenant. Il y a environ une quinzaine de jours, en revenant de la terre d'Halifax, où nous étions allés prendre un chargement de bois de cèdre rouge, nous avons rencontré une goëlette qui venait à nous à un mille ou deux sur bal ord. Nous étions alors à la hauteur de Port-Denison. Si elle avait passé tranquillement son chemin, je n'aurais certes pas fait attention à elle ; mais aussitôt qu'elle nous aperçut, elle vira de bord prestement et fit route vers les Iles, où bien entendu nous ne l'avons pas suivie, parce que nous n'avions pas de raison pour cela. Je l'ai bien examinée, Votre Honneur, et je suis convaincu que cette goëlette n'était autre que *la Sarah* métamorphosée!...

— *La Sarah!...* s'écrièrent à la fois les trois amis.

— Oui, *la Sarah!...* répondit le marin. Ils ont eu beau lui faire une nouvelle toilette, lui changer sa peinture et sa coque, quand on l'a vue comme moi virer de bord et prendre le vent pour sortir de Port-Philipp, — je l'ai

4

vue plus d'une fois, — je vous garantis qu'il
n'y a pas à s'y tromper. Nous autres matelots,
Votre Honneur, nous reconnaissons un navire
rien qu'à sa manière de louvoyer et de remonter au vent. Tous les navires ne pourraient
faire ce que fait *la Sarah*... Le matelot se tut
comme pour attendre l'effet produit par cette
déclaration.

— Pourriez-vous affirmer que c'était bien
*la Sarah?*... demanda Georges.

— J'y mettrais ma tête à couper, Votre Honneur, répondit le matelot d'un ton plein d'as-
surance.

— Voyons, mon garçon, reprit Jérémias,
vous savez qu'il y va de la vie d'un homme
dans les recherches que nous accomplissons;
alors je suppose que vous êtes franc et que
c'est bien la vérité que vous nous dites là.

Le marin ne sourcilla point.

— C'est bien, fit alors Jérémias après l'avoir
attentivement examiné pendant quelques
secondes.

Il écrivit quelques mots sur une feuille

blanche déchirée de son carnet, et la tendit au matelot.

— Vous irez trouver avec cela le capitaine du *Franckland*, et vous vous y embarquerez. Transportez-y immédiatement votre sac . nous partirons demain matin à l'aube.

— J'y serai dans deux heures, Votre Honneur; le temps d'aller chercher mes effets à la taverne où je les ai déposés.

— Nous y comptons, ajouta Jérémias en le congédiant du geste.

Lorsque la porte se fut refermée sur lui, Jérémias adressa à ses amis un regard longuement interrogateur.

— Une vilaine figure!... fit Wilson.

— N'est-ce pas?... dit Georges.

— Et que je ferai surveiller par Dobson!...

— Je suis de votre avis, mes amis, fit le docteur; mais dans les conditions où nous nous trouvons, il ne faut pas toujours s'attacher aux physionomies et en déduire immédiatement ceci ou cela. L'habit ne fait pas l'homme, la figure ne fait pas le cœur.

— Tout cela est vrai. Mais certaines figures

vous plaisent de prime-abord et vous inspirent confiance, tandis que celle-ci...

Wilson acheva par un hochement de tête.

— Enfin, interrompit Jérémias, avec vingt hommes d'équipage, on ne craint pas un inconnu!

— Il est encore temps, fit observer le docteur.

— Non, c'est fait! c'est fait. Je ne voudrais pas avoir à me reprocher un jour d'avoir écouté des pressentiments qui ne reposent sur aucun fondement.

Lorsque les amis retournèrent à bord, Henry Dobson vint au devant d'eux jusqu'à l'échelle de tribord arrière et les conduisit jusqu'à leurs cabines.

Il s'informa de l'heure à laquelle il fallait démarrer le steamer, et comme il sortait, Jérémias le rappela.

— Vous avez un nouveau matelot, n'est-ce pas?

— Oui, Votre Honneur, il est arrivé il y a une heure ou deux. Puis il ajouta :

— Un laid garçon, Votre Honneur.

— Ah ça! mais, s'écria Jérémias, c'est donc général!

— L'équipage le regarde d'un mauvais œil, continua le capitaine.

— Allons donc!...

— Et je crains fort que vous ayez fait là une mauvaise acquisition, Votre Honneur!

Jérémias ne répondit pas. Il prit Dobson par le bras, le fit rentrer dans le fumoir et referma la porte.

Puis il s'approcha de lui et lui dit quelques mots à l'oreille.

— Au premier mouvement, termina-t-il à haute voix en le reconduisant.

— C'est compris, Votre Honneur, répondit le capitaine du *Franckland* en s'inclinant.

## II. — Le Navire fantôme.

Il y avait deux jours que *le Franckland* tenait la mer, et à tous les quarts de jour et de nuit le capitaine Henry Dobson inscrivait invariablement sur le journal du bord :

*Beau temps, belle mer, jolie brise. Rien à
signaler.*

Bien des navires étaient passés, croisant
le steamer, soit dans ses eaux, soit plus au
large. Mais aucun de ces trois-mâts, bricks,
clippers, goëlettes, ne ressemblait à *la
Sarah.*

Il ne fallait pas désespérer, du reste, car
Thomas Pearson — c'était le nom du nouveau
matelot — n'avait pas promis de la retrouver,
mais seulement de la reconnaître si jamais elle
venait à passer dans les eaux du steamer.

Celui-ci se trouvait alors au dessus de Bris-
bane, au large de Moreton-Baie, et remontait
la côte pour doubler l'île Frazer.

Dans la journée du troisième jour, le vent se
prit à fraîchir subitement, et Henry Dobson,
qui avait fait établir les hautes voiles pour
économiser du charbon et maintenir le navire,
se vit forcé de les faire carguer devant une
forte brise qui s'élevait de l'est et arrivait par
grains assez violents.

Tout aussitôt il donna l'ordre à l'ingénieur
(mécanicien) d'utiliser sa pression, et il s'em-

pressa de gagner le large pour ne pas courir
le risque d'être jeté à la côte pendant la nuit.
La mer s'enflait aussi, le temps se couvrait et
lui donnait des tons d'un bleu sale et sombre;
*le Franckland* commençait à danser sur la
lame en soulevant des flots d'écume à chaque
tour d'hélice.

Jérémias qui, toujours distrait, avait laissé
ouvert le dalot de sa cabine, se vit trempé des
pieds à la tête et eut tout son appartement
inondé par une lame furieuse qui s'y déversa.
Mais le docteur était stoïque. Il se contenta de
fermer soigneusement l'ouverture, changea
de vêtements et remonta sur le pont, où il
trouva Wilson et Georges interrogeant Dobson
sur le temps qu'il allait faire.

— Je n'en sais rien au juste, répondit celui-
ci, mais si vous voulez bien m'en croire, nous
allons mettre le plus d'espace possible entre la
côte et nous. La nuit va bientôt venir; nous la
passerons au large. Le steamer ne craint pas
un « coup de temps » et nous regagnerons la
côte au matin.

— Faites comme vous l'entendrez, fit Jé-

rémias après avoir consulté du regard ses deux
amis. Tâchez seulement de ne pas trop vous
éloigner.

— Juste ce qu'il faudra, Votre Honneur.

Le steamer prit le large en fendant les flots
sous l'effort de sa puissante hélice, et ne vira
de bord que sur l'ordre de Dobson.

Celui-ci avait raison. La nuit fut mauvaise,
le steamer secoué comme « un panier à salade, »
disaient les matelots, mais ce fut tout. Il
courut des bordées toute la nuit sans approcher
de terre. Le matin, la mer était moins forte,
le vent était tombé, et le capitaine prit ses
mesures pour rallier la côte, que l'on apercevait à l'ouest comme une ligne bleuâtre.

Thomas Pearson, le nouvel embarqué,
n'avait donné jusqu'alors aucun motif de mé-
contentement. Dobson disait même qu'il avait
fait preuve d'excellentes qualités de matelot
pendant la raffale de la nuit, et cependant
l'équipage le regardait d'un mauvais œil et
s'écartait volontiers de lui lorsqu'il venait
prendre sa part de causerie pendant les répits
de la manœuvre.

La journée qui suivit la tempête se passa sans incident, le steamer passait toujours au large de la côte est, à cause des bancs de corail qui lui forment une dangereuse ceinture, et Henry Dobson se montrait le plus prudent des capitaines des British-Islands... Le lendemain de bonne heure, Henry Dobson accourut prévenir ses passagers qu'ils avaient à tribord du steamer, à environ trois ou quatre milles au large, une goëlette que Thomas Pearson disait reconnaître pour *la Sarah*.

Ils s'empressèrent de monter sur le pont et ils y trouvèrent Pearson qui, une lunette à a main, examinait le navire.

— Tenez, Vos Honneurs, s'écria-t-il, vous voyez cette goëlette, c'est bien *la Sarah* comme je l'ai vue il y a quinze jours en face de Port-Denison!...

Ils s'emparèrent précipitamment des longues-vues que leur présentait le capitaine, et les braquèrent sur la goëlette.

— Oui, s'écria Georges, on dirait bien *la Sarah!*...

— Seulement on l'a repeinte à neuf, Votre

Honneur, observa Thomas Pearson. Mais on a beau couvrir le loup d'une peau de mouton, il y a toujours l'oreille qui perce. Tenez, elle doit nous avoir aperçus, la voilà qui se prépare à virer de bord pour s'approcher de nous.

— Et dire que Mac' Léan est peut-être là, si près, s'écria Jérémias en frappant du pied sur le pont.

Puis se retournant soudain, il courut à la machine et cria par le porte-voix :

— En avant toute vapeur, monsieur l'ingénieur. Chauffez!... chauffez!...

Pearson continuait :

— La voilà virée de bord... Mais elle ne vient pas sur nous... Elle va prendre sa bordée au large; elle s'éloigne!... Une fine marcheuse que *la Sarah!*...

— Droit dessus, Henry, cria Wilson, nous la rattraperons!...

— Si elle se trouve masquée en passant devant l'île là-bas, fit Pearson toujours calme, autrement vous ne la rattraperez pas. Elle va bien mieux avec sa voilure que nous avec notre hélice.

— Allons donc!... s'écria Georges, avant une heure nous serons bord à bord!

Le matelot ne répondit pas. Il se contenta de regarder le jeune homme, et, dès que ce dernier eut le dos tourné, Thomas haussa les épaules d'un air de pitié.

La goëlette que l'on supposait être *la Sarah* ne se pressait pas. Elle en prenait tout à son aise et semblait ne pas s'apercevoir que l'on se mettait à sa poursuite. Elle filait sous ses huniers, sa grande voile et sa misaine. Les hautes voiles étaient serrées, et malgré cela, elle faisait prodigieusement de la route.

La cheminée du steamer vomissait des torrents de fumée noire, toute la membrure tressaillait sous l'effort de la machine, dont les pistons rendaient un bruit de tonnerre; son avant coupait la lame sans s'y enfoncer, et l'hélice qui battait les flots à coups pressés laissait après elle un sillage d'écume pareil à une longue bande d'hermine.

Malgré cela, la distance restait toujours la même, ou plutôt il semblait que la goëlette gagnait du terrain.

Jérémias s'impatientait, Georges et Wilson faisaient chorus.

— Mais, s'écria Jérémias, *le Franckland* est un mauvais marcheur, capitaine!... Voyez donc, nous n'avançons pas!...

— Pardon, répondit Dobson, Votre Honneur veut-il que je fasse jeter le loch?... ou jeter lui-même un coup d'œil au manomètre? Nous filons sur treize nœuds, le steamer peut considérer cela comme une bonne vitesse pour commencer, car ce n'est pas de sa faute si *la Sarah* est meilleure marcheuse que lui.

—Ah! s'écria Wilson comme frappé d'une idée subite, si au lieu de continuer une poursuite qui pourrait n'aboutir qu'à nous mettre en présence d'un honnête navire marchand, nous usions d'un autre moyen!... Nous avons là deux canons qui ne font rien... Dobson, faites tirer un coup de canon à blanc et hissez le signal d'arrêt.

Dobson courut exécuter cet ordre.

—Si c'est un navire de commerce qui ne nous craigne pas, continua Wilson, il s'arrêtera et mettra en panne pour nous attendre. Si au contraire il ne tient pas à notre visite, il continuera sa route au plus vite pour éviter une conversation désagréable.

Quelques minutes après, une détonation s'en allait roulant à la surface de la lame, et les trois pavillons étaient hissés à la cime du grand mât.

Nos amis attendaient avec anxiété le résultat de cette démarche, résultat qui ne se fit pas attendre.

Immédiatement le signal « Compris » fut hissé à bord de la goëlette, qui évolua aussitôt pour se rapprocher du *Franckland*.

— Hélas! s'écria Jérémias avec désespoir, ce n'est pas *la Sarah*!

— Pardon, Votre Honneur, répliqua Thomas Pearson, qui se tenait à distance. Tenez comme elle vire de bord, voyez son étrave... il n'y a qu'elle pour avoir un taille-mer de cette finesse.

Les deux navires continuèrent à se rapprocher l'un de l'autre, l'énigme allait trouver une solution.

Puis comme Dobson faisait diminuer la

marche pour ne pas dépasser la goëlette au
moment de l'accoster, celle-ci vira soudaine-
ment de bord, hissa le pavillon américain à sa
corne de poupe, déploya ses bonnettes, blanches
comme les ailes d'une mouette, se couvrit de
ses perroquets et de ses cacatois, et, ainsi chargée de toile, se mit à prendre la fuite avec une
rapidité qui tenait du vertige!...

Le bruit lointain de la lame rebondissant sur
son avant semblait un long éclat de rire mo-
queur qui parvint aux oreilles de l'équipage de-
meuré stupéfait de cette manœuvre imprévue.

— Appuyez la chasse, cria Jérémias.

L'hélice recommença à battre les flots, et le
pont trembla de nouveau sous les pieds des
passagers.

L'on atteignit une vitesse exagérée, mais
tout fut inutile. L'on était encore bien loin de
la goëlette lorsqu'elle se perdit dans l'ombre
grise dont la nuit, descendant sur les flots, en-
veloppait les horizons lointains du Pacifique.

Les assertions de Pearson ne pouvaient plus
être mises en doute; c'était bien *la Sarah* qui
avait pris la fuite devant le steamer.

L'idée de la revanche était là!...

Le brave docteur eût donné tout l'or des Alpes australiennes pour métamorphoser *la Sarah* en un lourd brick que *le Franckland* eût atteint en une demi-heure! Malheureusement cela ne se pouvait pas, et Jérémias avait eu au bord des lèvres quelques mots d'une originalité exquise :

— Cette idée aussi du pauvre Mac' Léan de se faire construire un navire comme il n'y en a pas deux!...

Mais il s'aperçut qu'il allait exprimer une bêtise, et courut s'enfermer dans sa cabine.

Le lendemain, il était le premier sur le pont. Son regard, jeté sur l'immensité des flots, rencontra dans la brume du matin la goëlette aventurière, qui évoluait paisiblement à quelques milles, tout en ayant soin de se tenir hors de portée de canon.

Cette fois, la seconde en deux jours, Jérémias fut stupéfait. Puis un sentiment de rage s'éveilla chez cet homme d'ordinaire incapable d'une mauvaise pensée, le sang lui monta à la

tête, et il piétina fiévreusement le pont du
steamer.

— Ah! goëlette maudite! s'écria-t-il en lui
montrant le poing, un jour viendra où Dieu
nous permettra de nous retrouver bord à
bord!

Son autre main tourmentait la crosse de
son revolver; il était au degré de l'exaspé-
ration. Il descendit rapidement jusqu'à la cabine de Wilson, qu'il trouva en compagnie de
Georges.

Celui-ci fut frappé de l'expression de sa
physionomie.

— Qu'avez-vous donc, docteur?

— Vous vous en doutez bien, répondit Jérémias. Croiriez-vous que ces aventuriers ont
l'audace de venir nous narguer jusque sous le
nez du *Franckland*!

— Encore! firent-ils avec étonnement.

Pour toute réponse, Jérémias ouvrit le
hulot de la cabine et étendit silencieusement la
main vers le large.

*La Sarah* était là, gracieusement penchée sur
les flots, qu'elle semblait raser de l'aile.

— C'est trop fort! s'écrièrent-ils à la fois.

— Jérémias, dit Wilson, il faut la poursuivre tant qu'il nous restera un morceau de charbon à bord du steamer, et dût le pont éclater sous nos pieds.

Le docteur secoua doucement la tête.

— Voilà que vous désespérez, docteur, ajouta Georges; je partage l'avis de Wilson.

— Soit, répondit laconiquement Jérémias.

Dobson fut appelé, et *le Franckland* reprit la chasse encore une fois.

La goëlette ne se pressa pas plus lorsqu'elle vit le steamer doubler de vitesse pour la surprendre; un bon vent de S.-E. soufflait dans sa voilure, elle continua sa promenade et se laissa tranquillement gagner à vue d'œil.

— Nous la tenons! disait Jérémias, nous la tenons!

Cela ne devait pas arriver.

*La Sarah* prit sa volée, et tirant une longue bordée dans l'ouest, elle revint sur ses pas pour passer à deux encâblures du *Franckland*.

Sans perdre un instant, Georges courut à

une des pièces qui étaient toujours chargées, pointa un instant et fit feu.

— Touché!... crièrent Jérémias et Wilson; bravo! vicomte.

Georges, encouragé, fit feu de la seconde pièce, mais sans résultat cette fois.

Le premier coup avait bien porté; le boulet n'avait fait de la grande voile qu'un immense lambeau.

Cette fois, on ne pouvait désespérer de rejoindre la goëlette, qui, privée de la pièce principale de sa voilure, perdait sensiblement de sa vitesse.

— Chauffez, chauffez!... criait Jérémias à l'ingénieur.

Celui-ci exécutait les ordres, et le steamer volait sur les lames. Le vent lui étant devenu favorable par suite du changement de direction de la goëlette, Dobson fit encore hisser les focs et les voiles de flèche pour appuyer le mouvement.

A bord de la goëlette, on voyait les marins dans la mâture essayant de renverguer les débris de leur voile, et Dobson prétendait les voir préparer une misaine de rechange.

Il était effrayant de voir ces deux navires, l'un poursuivant l'autre, passer sur les lames en les écartelant et laissant derrière eux des masses houleuses d'écume, qui dans un instant disparaissaient pour laisser à la mer son aspect accoutumé.

Le steamer gagnait du terrain, mais difficilement, car, pour compenser la perte de sa grande voile, *la Sarah* avait hissé tout ce qui lui restait de voilure, sous laquelle ses deux mâts disparaissaient.

Deux heures se passèrent... deux siècles pour les passagers du *Franckland*.

Si nous pouvions rencontrer sur la route un navire qui leur coupât la retraite, disait Jérémias.

Mais aucune voile ne se montrait à l'horizon, il ne fallait compter que sur ses propres forces. Leur course folle continuait. La goëlette perdait du terrain, puis en regagnait, et la distance continuait à rester la même. La brise fraîchissait et menaçait de favoriser le fugitif bien plus que *le Franckland*, qui, pour être bon marcheur, n'était pas pour cela fin voilier.

La moitié de la journée se passa ainsi.

Soudain un cri de triomphe retentit à bord du steamer. La goëlette, trop chargée de toile, venait de perdre sa flèche de perroquet, qui s'était rompue sous le poids de la toile et la force du vent. Toutes ses manœuvres pendaient ballantes et faisaient pencher le navire de façon à faire craindre qu'il ne chavirât sous voiles.

Mais il n'en fut rien. En un clin d'œil l'équipage fut dans la mâture, les manœuvres qui tenaient encore furent tranchées à coup de hache, et la flèche, devenue inutile, tomba à la mer en débarrassant *la Sarah*, qui se releva aussitôt.

— Maintenant, dit Dobson, ils sont à nous! Leur mâture est en trop mauvais état pour qu'ils puissent nous échapper.

Comme répondant à ses paroles, des hourras éclatèrent à bord de la goëlette, et, à ce chant cadencé, les matelots hissèrent une grande voile de rechange pour remplacer celle que

Georges leur avait si heureusement mise en lambeaux.

— Ce sont des démons que ces gens-là!... exclama Wilson. Ils sont plus forts que nous! si on leur envoyait quelques coups de canon?

— Ils sont hors de portée, Votre Honneur, répondit Henry.

Jérémias, qui se tenait à côté de la chambre de la machine, ordonna à l'ingénieur de forcer de vapeur.

— Je ne puis plus, Votre Honneur, répondit celui-ci. Les fourneaux sont bourrés jusqu'à la gueule. Je n'y pourrais mettre un morceau de charbon sans m'exposer à faire sauter le navire...

— Peu importe! répondit Jérémias, il faut augmenter la vitesse, dussions-nous sauter!

L'ingénieur esquissa une grimace d'approbation, l'idée de sauter ne lui convenant qu'à demi.

Wilson se souvint alors qu'ils avaient quelques tonnes d'esprit de vin dans la cale du *Franckland*, et renouvelant l'audacieuse ten-

tative innovée par un Américain pendant la
guerre des abolitionnistes et des esclavagistes,
il ordonna de tremper de la toile dans le liquide
et de la jeter dans les fourneaux.

Cette tentative fut couronnée d'un plein
succès. *Le Franckland* repartit avec une nouvelle vitesse, mais c'était là son dernier effort.

Le pont était brûlant, la machine faisait un
vacarme infernal, le navire tressaillait comme
si on l'eût serré dans un étau, et aux ordres
du docteur l'ingénieur répondit qu'il était
impossible d'ajouter le plus petit morceau de
charbon.

*Le Franckland* gagnait du terrain; encore
une heure et il atteindrait la goëlette aventurière qui se dirigeait rapidement vers les îles.

Jérémias et ses amis étaient haletants d'espérance; ils avaient ordonné à Dobson de faire
une distribution d'armes à l'équipage, dans le
cas où un engagement serait nécessaire, et une
double ration de rhum avait été accordée à
chaque matelot.

Toute la journée s'était ainsi passée, dans
deux à trois heures la nuit allait tomber. Avant

cela il fallait rejoindre la goëlette, sous peine de la perdre encore une fois; ce que pensant, Jérémias fit encore bourrer les fourneaux de toile imbibée d'esprit de vin.

La goëlette n'était plus qu'à environ deux milles des Iles; mais *le Franckland* la suivait de près et allait bientôt se trouver dans ses eaux. Wilson entendait distinctement, disait-il, les commandements exprim's en anglais

Une voix donnait l'ordre de hisser les bonnettes, dont ils ne s'étaient pas encore servis.

La goëlette était prise et l'équipage du steamer se tenait sur les bastingages, prêt à jeter le grappin et à s'élancer à bord, quand soudain la goëlette fila rapidement sur bâbord et laissa *le Franckland* s'enfoncer à toute vapeut dans la passe où elle semblait devoir s'engager.

— Come on!... Cheer up!... (Allons!... courage!...) cria une voix railleuse à bord de *la Sarah.*

Henry Dobson bondit comme un lion jusqu'à la passerelle de commandement et se penchait vers la machine où se tenait l'ingénieur :

— Machine en arrière!... cria-t-il d'une voix vibrante; renversez!... tout, tout!...

L'ingénieur obéit, et l'hélice battant violemment les flots à contre-vapeur, arrêta le steamer dans sa course effrénée.

— Dobson, s'écria Jérémias avec fureur, qui vous a donné l'ordre de stoper?

— Personne, Votre Honneur, j'ai fait mon devoir!

Il entraîna le docteur étonné jusqu'à l'avant du steamer. Wilson et Georges les suivirent. Là, le capitaine du *Franckland* se pencha au-dessus du taille-mer, et étendit la main vers une bande grisâtre que l'on apercevait sous l'eau à une quarantaine de brasses.

— Ceci, Votre Honneur, fit-il, ce sont des bancs de coraux qui forment la ceinture de l'île!... Ce brigand de navire nous a menés jusqu'ici avec l'intention de nous y faire jeter, et si je ne m'en étais pas aperçu à temps, il n'y aurait plus en ce moment ni *Franckland*, ni passager, ni équipage. Tous seraient là-dessous, Votre Honneur!...

Les trois amis étaient émus; ils entourèrent Dobson en lui tendant les mains.

— Merci! firent-ils simplement en étreignant la sienne.

Cet incident, qui avait prévenu un désastre, leur avait fait oublier la goëlette.

Quand ils jetèrent un regard sur l'horizon qu'assombrissait déjà le crépuscule, la grande nappe d'eau était vide... La goëlette avait disparu comme un de ces feux follets qu'on se plaît à suivre de l'œil le soir, et qui s'évanouissent soudain sans qu'on puisse savoir ce qu'ils sont devenus.

Tout le naturel qui tient un peu du fantastisque agit toujours souverainement sur les masses, et les matelots du *Franckland* furent convaincus avoir affaire à un nouveau « Navire fantôme » dont l'équipage ne se composait que d'âmes de marins trépassés à la mer!!!

### III. — Pauvre *Franckland*

Jérémias conservait encore un secret espoir de retrouver la goëlette, peut-être désireuse d'essayer à nouveau sa vaine tentative pour jeter le steamer sur les bancs de corail de la passe, tentative qui avait échoué grâce au sang-froid de Dobson.

Mais le soleil levant leur montra la mer calme, et aucune voile à l'horizon.

Dobson vint prendre les ordres du docteur, que ses compagnons avaient d'un commun accord reconnu le chef de l'expédition.

Celui-ci, après avoir consulté un instant une carte de l'Australie qui se trouvait étendue sur la table de sa cabine, donna l'orde de continuer la route en remontant vers le nord jusqu'au cap York, à l'extrémité septentrionale de l'Australie.

Le lendemain, ils rencontrèrent un brick norvégien avec lequel ils communiquèrent quelques minutes. A leurs questions il répondit que le matin même il avait croisé une goëlette qui répondait assez au signalement de *la Sarah*.

— Ce navire, ajouta le capitaine, semblait se disposer à entrer dans la mer de Corail, et cingler vers les côtes de la Nouvelle-Guinée.

*Le Franckland* remercia, et les deux navires se séparèrent.

Depuis ce moment, ils n'eurent plus de nouvelles de *la Sarah* et arrivèrent ainsi jusqu'à la pointe du cap York.

. Jérémias fit prendre des renseignements, qui n'aboutirent à rien.

Il était plus que probable que *la Sarah* avait changé de nom.

*Le Franckland*, qui courait de petites bordées en attendant, reprit aussitôt le large.

Thomas Pearson était oublié. L'on n'y pensait plus, et, du reste, il ne cherchait pas à faire remarquer sa présence. Il faisait exemplairement son service, mais ne parlait plus de *la Sarah* ni de la possibilité de la retrouver.

· Henry Dobson avait même dit au docteur :

— Je le surveille de plus en plus près.
L'affaire du banc de corail m'a ouvert les
yeux.

L'équipage était tout à fait monté contre
Pearson, à ce point que Georges avait proposé
à ses amis de le débarquer à Somerset, mais
Jérémias n'ayant pas voulu brusquer les
choses, son avis avait prévalu.

Ils quittèrent donc Somerset et se trouvèrent
bientôt en face du détroit de Torrès, cinglant
à toute vapeur à travers la mer de Corail et se
dirigeant vers la Nouvelle-Guinée.

De la hune d'artimon où il était monté,
Pearson cria à un certain moment qu'il apercevait une goëlette dans le détroit, mais qu'elle
était trop éloignée pour pouvoir la reconnaître.

L'on se dirigea vers le détroit de Torrès, et
trois ou quatre heures après on aperçut distinctement le navire. C'était encore *la Sarah!*

— Qu'ordonnez-vous, Votre Honneur? demanda Dobson au docteur.

— Je ne sais; elle a le diable au corps, cette
goëlette!... Enfin, allez de l'avant, mais con-

fentez-vous de la marche que nous avons, ne forcez pas.

*Le Franckland* s'engagea donc dans le détroit de Torrès. Henry Dobson ne quitta point la passerelle de commandement, tant il fallait de précautions et de prudence pour ne pas se jeter sur les récifs de corail qui entourent les îles et la côte australienne.

La goëlette ne se voyant pas poursuivie, redoubla d'impudence, et, dans ses bordées que nécessitait un vent de N.-N.-E., vint plus d'une fois passer à portée de canon du *Franckland*.

La nuit vint ensuite étendre ses ombres épaisses sur la mer et la côte, et le steamer la perdit de vue.

Dobson, qui toute la nuit resta à la barre, la vit à plusieurs reprises embarder dans les eaux du steamer et disparaître comme un oiseau. Mais le capitaine était un garçon prudent; on lui tendait peut-être un piége, il n'avait pas d'ordres, il s'abstint de dévier de sa route en quoi que ce fût.

Lorsque le jour se leva, la goëlette avait disparu.

Nos amis firent chercher Dobson et se réunirent en conseil dans le salon de l'arrière.

Jérémias parla le premier.

— Je pense, fit-il, que Mac' Léan ne doit pas se trouver à bord de la goëlette. Nous faisons fausse route et cherchons Mac' Léan là où il n'est pas. De plus, il est maintenant évident que ces aventuriers cherchent à nous faire tomber dans un filet aux mailles bien serrées d'où nous ne pourrions sortir. Leur tentative de l'autre jour en est une preuve.

Il y eut un signe d'assentiment général.

— Cependant, fit remarquer le vicomte, si nous parvenions à nous rendre maîtres de la goëlette, nul doute que nous arriverions à faire parler ces bandits. Si Mac' Léan ne se trouvait pas à bord, la menace de la corde à la grande vergue du *Franckland* ferait évidemment son effet.

— Fort bien, mais il faut pour cela s'emparer de la goëlette, ce dont je désespère maintenant. Du reste, celle-ci, qui doit connaitre le but de cette poursuite, ne doit pas avoir Mac' Léan à son bord, par la seule raison qu'elle peut être prise un jour ou l'autre et que la surveillance d'un homme de sa trempe n'est pas chose si commode.

—Et quelle serait, selon toi, la marche à suivre? demanda Wilson.

—C'est justement là-dessus que je voulais vous consulter. Votre avis, Dobson?

—Moi, Votre Honneur? Je continuerais notre route. Je redescendrais à l'ouest en longeant la côte du West-Australian, je visiterais l'archipel Dampier et toute la série des petites îles pour la plupart inhabitées. En un mot, je battrais tout le littoral de l'ouest jusqu'à Victoria-Districkt.

—Bien, répondit Jérémias; et vous, Georges?

— Revenir sur nos pas et aller fouiller les îles où ils ont voulu nous faire échouer l'autre jour.

— Je suis un peu de votre avis; et toi, Wilson?

—L'idée de Dobson me paraît la meilleure,

parce qu'en la suivant nous nous rapprochons du lieu présumé de la catastrophe.

— Nous continuerons donc jusqu'au West-Australian, conclut Jérémias.

— Vous ne manquez de rien à bord? ajouta-t-il en s'adressant à Henry.

— Non, Votre Honneur. J'ai du charbon a en brûler pendant quatre mois, et des vivres à nourrir cinquante hommes d'équipage pendant le même temps.

En ouvrant la porte de la cabine pour monter sur le pont, le docteur crut entendre un pas leste et furtif sur les marches de cuivre de l'escalier.

Il en fit part à ses amis.

— Vous vous serez trompé, répondit Georges.

Le docteur hocha la tête, et sa figure se rembrunit plus encore à la vue de Thomas Pearson, nonchalamment accoudé aux bastingage à quelques pas de l'écoutille de la cabine. Le matelot leur tournait le dos et parut ne pas les entendre.

Jérémias entraîna Dobson jusqu'à l'avant du navire.

— Surveillez-le plus que jamais, murmura-t-il.

— Plus que jamais, Votre Honneur.

Décidément le matelot ne valait pas son pesant d'or aux yeux brave docteur.

. . . . . . . . . . .

Dans la seconde nuit qui suivit, comme la cloche venait de piquer une heure du matin, les cris : Au feu!... au feu!... se firent entendre à bord du steamer, et dominèrent le bruit sourd de la machine.

Dobson se jeta à bas de sa couchette, ouvrit sa porte et faillit être asphyxié par l'épaisse fumée qui remplissait le couloir et l'escalier. Il glissa un revolver à sa ceinture, une boussole dans la poche de sa vareuse, et alla réveiller ses passagers.

Sur le pont il aperçut l'équipage terrifié, qui cherchait déjà à mettre les canots à la mer. Une fumée noire sortait des écoutilles de l'avant et du grand panneau de la cale.

D'une voix brève, Dobson domina le tumulte et donna l'ordre de mettre en état les

tuyaux de la pompe à vapeur dont le steamer
était pourvu.

A ce moment nos amis faisaient leur apparition à l'arrière.

Dobson courut à eux et les mit en deux
mots au courant de ce qui se passait.

— Dieu n'est plus avec nous, murmura dou-
loureusement le docteur.

— Où pensez-vous que soit le foyer de l'incendie? demanda Wilson d'une voix qu'il
essayait de rendre calme.

— Entre le grand panneau de cale et les
cloisons étanches du poste de l'avant. Je vais
inonder la cale au moyen de la pompe à bras,
pour empêcher le navire de couler bas.

Dobson fit fermer toutes les écoutilles,
donna l'ordre de se diriger vers la côte, et la
pompe à vapeur disposée dans un des canots
du bord commença à jeter des flots d'eau salée
dans la cale du steamer. La fumée devenait
de plus en plus intense, les hommes ne se
voyaient plus à deux pas, et quelques langues
rougeâtres commençaient à se montrer à travers les panneaux.

Jérémias fit armer la seconde pompe à bras et s'y rendit lui-même, pour donner l'exemple à l'équipage démoralisé. Les masses d'eau que l'on déversait dans le steamer l'alourdissaient de plus en plus; l'homme de barre déclara qu'il n'obéissait presque plus au gouvernail, en même temps que l'ingénieur faisait savoir que dans la machine, la situation était devenue intolérable pour ses chauffeurs et lui.

Et cependant dans la nuit noire on n'apercevait point la côte.

Ils allaient donc être contraints d'abandonner le navire et de s'embarquer dans les canots.

Soudain des feux se montrèrent à tribord du *Franckland*, c'était un navire... que la lueur rouge des flammes permettait de reconnaître; c'était une goëlette!... c'était *la Sarah!* disait Wilson.

Dobson fit tirer le canon de détresse; mais, quoiqu'il eût parfaitement entendu, le navire continua sa route.

Le capitaine déclara que le ciel pouvait seul les sauver. Il fit mettre les canots à la mer et ordonna d'y embarquer tous les vivres de la

cale d'arrière, que le feu n'avait pas encore
atteinte.

Aidé des trois amis, il descendit lui-même
des armes et des munitions dans la grande
yole, qu'il garnit aussi de quelques instruments
de marine.

Les pompes fonctionnaient toujours, mais,
vains efforts!... l'avant tout entier était en feu;
le mât de misaine, rongé par la base, s'abattit
avec fracas et faillit écraser plusieurs hommes.
Et cependant une heure encore, luttant avec
le terrible fléau, ils essayèrent de le réduire.

Dobson vint alors demander l'autorisation
d'embarquer son monde.

— Il nous faut abandonner le steamer, Votre
Honneur, dit-il, le feu gagne la cale d'arrière...
il est sous nos pieds, dans quelques instants
il sera partout.

— Qu'il soit fait comme Dieu le veut!...
répondit Jérémias en étouffant un soupir.

Ils se munirent des objets les plus essentiels,
de leurs portefeuilles, qui contenaient les va-
leurs, de quelques papiers, quelques habits, et
abandonnèrent tout le reste.

Dobson donna l'ordre de cesser le jeu des pompes et de remonter à bord la pompe installée dans le grand canot. Il fit descendre dans chaque canot son gréement respectif et voulut commencer l'embarquement par le docteur, le vicomte et Wilson.

Ceux-ci s'y refusèrent énergiquement.

— Quand tout notre monde sera en sûreté, répondirent-ils.

Dobson voulut insister, tout fut inutile.

Le steamer possédait deux grands canots, une baleinière et une yole, bien plus qu'il n'en fallait pour loger tout son monde.

L'embarquement commença avec régularité l'équipage obéissant passivement aux ordres de son capitaine. Quand les embarcations furent prêtes à déborder, les amis jetèrent un dernier regard sur le malheureux navire, dont l'avant tout entier disparaissait sous les flammes. A quelques mètres d'eux, des langues rouges venaient lécher le grand mât et montaient dans l'air en se tordant avec un sifflement sinistre.

L'ingénieur et ses deux chauffeurs étaient

6

sortis roussis de la machine, où il était impossible de rester un instant de plus. Ce qui ajoutait encore à l'horreur de la scène, c'était le grondement assourdissant de la vapeur, que l'ingénieur avait lâchée, et dont les colonnes blanchâtres venaient se perdre au milieu des tourbillons de fumée noire qui s'élevaient de toutes les fissures de la coque disjointe.

Le pont était disjoint et des tressaillements sinistres ébranlaient le steamer.

Quand nos amis descendirent dans la yole, les premiers canots étaient déjà éloignés de quelques mètres. Dobson resta le dernier à bord, et au moment de s'embarquer, il se découvrit :

— Adieu! pauvre *Franckland*, s'écria-t-il. Puis il poussa au large la yole, qui déborda et se dirigea vers la côte.

En ce moment le quartier-maître du grand canot les héla.

— Vous êtes bien tous là?... leur cria-t-il

— Oui, répondit Dobson.

— All right! conclut le quartier-maître.

De la yole ils se retournèrent vers *le Franc-kland*. Le pauvre steamer était à son agonie.

— Toi qui devais ramener Mac' Léan!... s'écria Jérémias, adieu!

— Adieu!... répondit-on dans une sourde rumeur...

Il y avait quelque chose de navrant dans cet adieu d'ami au navire!... Celui-ci dansait sur la lame, comme pour leur rendre leur salut. Les flammes avaient gagné l'arrière.

Soudain une explosion formidable ébranla les airs, une grande flamme bleuâtre semblable à celle d'un gigantesque punch s'éleva jusqu'à la mâture.

— Les barils de poudre et d'esprit de vin, murmura de Morté.

La flamme s'éteignit peu à peu, une épaisse colonne de fumée rouge la remplaça; puis tout rentra dans l'ombre.

*Le Franckland* avait vécu.

Une heure plus tard, les premières lueurs de l'aube permettaient aux naufragés d'apercevoir la place où avait disparu l'infortuné

steamer, que le feu et l'eau, ces deux terribles
éléments, avaient entraîné dans le gouffre.

## IV. — La Terre australienne.

Au premier plan, la côte était d'un aspect
assez triste; le sol, dénudé comme celui d'Afrique, n'offrait à l'œil que quelques palmiers
clair-semés au milieu de maigres bouquets de
verdure. Mais plus loin, l'horizon était borné
par de hautes collines aux flancs boisés, s'éle-
vant comme des fortifications au-dessus de la
plaine, et paraissant cacher derrière leurs
têtes vertes, que les nuances matinales tein-
taient de nacre, comme une sorte de Terre
Promise.

Deux ruisseaux qui semblaient devoir
prendre leur source de ces mêmes collines,
couraient en gazouillant sur le sable de la
grève et allaient se perdre à la mer.

Sur l'ordre de Jérémias, Dobson fit immédiatement monter des tentes avec les voiles
des embarcations, et prit ses mesures pour y

loger l'équipage tout entier et le préserver ainsi de la pluie et du soleil.

Une tente spéciale qui devait servir de magasin général tant pour les vivres que pour les boissons, fut installée près de celle de Dobson.

Lorsque, vers le milieu de la journée, tout fut mis en ordre, Wilson, dans un speech aussi bref qu'énergique, fit entendre à l'équipage qu'il n'y avait pas lieu de désespérer, les vivres étant en abondance; que lui, Wilson, et ses amis, tenaient aussi à revoir Sydney, et que le soir même les mesures nécessaires seraient prises pour le rapatrier promptement; qu'on ne réclamait de lui qu'une chose : une obéissance aveugle et confiante dans les ordres qui lui seraient donnés.

— Les mauvais jours passés, termina-t-il, nous nous souviendrons de vous, et la récompense balancera la peine!

Trois hourrahs bruyants saluèrent cette improvisation.

— Nous n'avons pas fait d'appel, dit tout-à-

coup Morté au docteur : tous nos hommes
sont-ils bien là?

— Ils se seraient bien aperçus de la dispa
rition de l'un ou de plusieurs d'entre eux.

— Attendez donc! s'écria Wilson... et
Pearson?

Dobson passait à ce moment.

— Avez-vous vu Pearson, ce matin! lui
cria-t-il.

— Que je me souvienne!... Non.

— Il était avec moi sur l'avant du steamer,
au moment où la goëlette nous a rangés, dit
un matelot. Depuis je ne l'ai pas revu.

— Pauvre garçon! murmura le docteur, il
a peut-être sauté avec le steamer!...

— Cependant, Votre Honneur, il était prêt
à s'embarquer lorsque j'ai fait descendre le
grand canot des porte-manteaux d'arrière.

— Enfin, fit Jérémias, s'il est mort, que
Dieu ait son âme.

— Amen! répondirent les assistants en se
découvrant.

Le soir trouva nos amis en compagnie de
Dobson, réunis en conseil sous la tente, qui

désormais leur servirait d'habitation commune.

Sur un coffre qui servait de table était étalée une carte de l'Australie, que Jérémias avait eu la précaution de glisser dans sa poche au moment de quitter sa cabine.

Jérémias pointait la carte avec un crayon et promenait son doigt du sud au nord, dans la direction du détroit de Torrès.

— Il faut préciser, disait-il. Vous avez le journal du bord, Dobson?

— Oui, Votre Honneur, en règle jusqu'au quart de minuit.

— Nous nous trouvions alors dans le golfe de Carpentarie, en deçà et au sud du cap Turnagain. L'incendie déclaré, nous avons fait route à toute vapeur vers la terre.

— Pardon, Votre Honneur, vers la terre, il est vrai; mais notre marche a dû subir une déviation importante due à l'absence de l'homme de barre et a l'alourdissement du steamer.

— Nous filions combien de nœuds à l'heure? demanda Wilson, qui réfléchissait.

— Quinze tout d'abord, mais guère plus de huit à dix ensuite; une moyenne de douze.

— De une heure à quatre...

— La déviation portait à l'est, continua Jérémias; donc, nous devons être plutôt dans le Queensland que dans le Nord-Australian ou l'Alexandra-Land. Le point pris ce matin vient lu reste confirmer mon assertion.

Et d'un coup de crayon, le docteur marqua un point de la carte.

— Nous sommes là !... fit-il en indiquant le territoire compris entre la rivière Mitchell et la rivière Nassau, dans la grande langue de terre qui termine le cap York.

Les auditeurs se rapprochèrent et se penchèrent avec lui sus la carte.

— Le pays, continua le docteur, a été exploré en 1845 par Leichardt, qui vint de Normanton à la rivière Mitchell. Pourquoi ne passerions-nous pas où un autre a déjà passé?

Il y eut un geste d'assentiment.

— Nous avons de bons canots, reprit Jérémias, nos gréements sont en parfait état. Il faut donc songer à la simple traversée d'environ quatre-vingts milles pour arriver à Norman-Mouth-Station, au fond du golfe. Là nous trouverons facilement un navire pour retourner soit à Sydney, soit à Melbourne. Ne songeons donc point à autre chose, et préparons-nous à quitter la côte le plus tôt possible, pour entretenir le bon esprit de nos matelots.

— Je demande vingt-quatre heures pour tout préparer, répliqua Dobson, et je m'engage à mettre à la voile après-demain matin.

— Accordé, mon garçon, répondit Jérémias, nous nous reposons sur vous.

Tout espoir n'était donc pas perdu.

Nos amis sortirent quelques instants prendre l'air en dehors du campement.

Le soleil venait de se coucher au fond du golfe de Carpentarie, et jetait encore quelques tons cuivrés sur le ciel, d'un bleu grisâtre; de longues bouffées de chaleur, apportées par la brise, passaient suffocantes, et, dans son calme, la mer avait parfois quelques frémissements qui mettaient de légers flocons d'écume sur les longues ondulations de la lame.

Soudain un éclair rougeâtre sillonna le ciel assombri par les nuages plombés qui descendaient, rasant le golfe, et le tonnerre gronda, encore éloigné, en même temps que la lame, devenue courte et rageuse, battait sans relâche le sable de la plage.

— A mon avis, il se prépare un fameux orage, fit Georges. Allons, nous jouirons du coup d'œil.

— Holà! Dobson... faites tirer les canots à sec! dépêchez, dépêchez!...

C'était Jérémias.

En un clin d'œil, l'équipage se précipita aux embarcations, et s'accompagnant d'un chant cadencé, les tira à sec jusqu'au haut de la grève, à l'abri de la marée montante.

Seul, le grand canot, qui s'était ensablé, ne put rejoindre les autres, et fut laissé à sa place, solidement amarré par des haussières élinguées de l'avant à l'arrière.

Les canots en sûreté, c'était le point principal.

Contrairement aux paroles de Georges, l'orage n'éclata pas sur-le-champ et se dissipa en quelques minutes comme par enchantement; mais, pendant la nuit, il reprit avec fureur, et le tonnerre réveilla brusquement le campement par le roulement formidable de ses décharges électriques.

Le ciel entrouvert, largement fondu par d'épouvantables éclairs, laissa crever ses nuages et inonda le sol d'une pluie torrentielle qui dura jusqu'au matin. La mer suivit l'exemple qui lui était donné d'en haut, et ses vagues impitoyables grondèrent sans relâche, frappant avec rage les rochers qui lui servaient de barrières.

Avec le jour, Jérémias et Dobson étaient debout. Ils sortirent de la tente et s'avancèrent sur la grève.

La pluie avait cessé, le ciel était redevenu pur, et la brise du matin remplaçait la température de la veille.

Soudain Dobson s'arrêta, et d'une voix étranglée :

— Votre Honneur, balbutia-t-il, nous n'avons plus... de canots!...

— Ah! s'écria Jérémias, brisés!... en pièces! Ah! cet orage!... j'en avais peur...

En effet, à part le grand canot, dont la marée montante soulevait la quille, des débris seuls jonchaient la grève.

— Je les avais pourtant bien amarrés, murmura Dobson. Ils étaient hors de la portée de la lame. C'est étrange!... étrange!...

Puis se baissant et examinant un morceau de grelin qui gisait à ses pieds :

— Votre Honneur, ce n'est pas l'orage! s'écria-t-il. Voyez cette corde... Elle devrait être brisée, effilochée, n'est-ce pas?... Elle est nettement coupée!... Les amarres ont été tranchées pendant la nuit et les canots traînés sur les roches.

Je vous le dis, Votre Honneur, ce n'est pas la mer qui nous en prive, c'est un crime!

Jérémias resta pensif.

— Vous avez raison, Dobson, c'est un crime et un grand crime!

Puis relevant haut la tête et entraînant l'ex-capitaine du *Franckland* vers le campement, où tout dormait encore :

— Venez, justice sera faite.

La consternation fut grande chez l'équipage lorsqu'il apprit à son réveil que la planche de salut sur laquelle il s'appuyait la veille venait de lui échapper.

Jérémias avait parlé de justice; il ne faillit point à la tâche, et interrogea un à un les matelots, cherchant à découvrir au fond de leur conscience le trouble qui suit presque toujours une mauvaise action.

Il n'y put parvenir, et les accents de sincérité qui résonnèrent à ses oreilles lui firent oublier ses premiers soupçons.

Il ne dit rien. Mais le soir il alla se poster avec Dobson dans les rochers qui bordaient la grève.

Le grand canot était là, immobile sur son lit de sable; peut-être essaierait-on de terminer sur lui la criminelle tentative inachevée.

Il faisait une de ces belles nuits du Pacifique, clair de lune, sombre d'étoiles, et la silhouette gigantesque des rochers découpés et tordus se dessinait seule sur la grève.

Blottis dans une anfractuosité de rocher, la

7

main sur la détente de la carabine, ils atten-
dirent longtemps

Enfin une ombre se profila sur la grève, et
un homme, tenant à la main un instrument
que l'obscurité relative empêchait de définir,
longea les récifs, et se dirigea rapidement vers
le canot. Là, il se baissa, et Jérémias put entendre le grincement du bois qu'un instrument de fer entamait profondément.

D'un bond il se releva, suivi de Dobson.
L'homme se mit à fuir et sauta de roche en
roche avec une incroyable adresse. Jérémias
épaula rapidement et fit feu, croyant l'abattre
à coup sûr.

L'homme avait disparu.

Ils cherchèrent en tous sens, croyant trouver
un cadavre.

Rien !

La carcasse du grand canot portait les traces
d'une forte vrille qui avait fait éclater la surface du bois.

L'équipage réveillé au coup de feu accourut,
Wilson et Georges en tête.

Jérémias raconta que, sorti avec Dobson, il

avait par mégarde pressé la gâchette de sa carabine, et les envoya se recoucher sur cette réponse évasive. A Wilson et Georges il raconta ce qui en était réllement.

— Nous aviserons aujourd'hui même, termina-t-il.

Le surlendemain matin, le grand canot, monté par Georges, le quartier-maître et cinq hommes de l'équipage, tous désignés par le sort, laissait joyeusement battre sa toile par une bonne brise de N.-E.

Georges, qui avait le commandement de l'expédition, avait ordre de se rendre à Norman-Mouth-Station, au fond du golfe, et d'en ramener des secours afin d'y transférer le reste de l'équipage.

La brise fraîchissait. Les hommes étaient embarqués, Georges restait seul sur le sable.

— Adieu! lui fit Jérémias; allez vite et revenez de même, souvenez-vous que nous vous attendons.

— N'ayez nulle crainte, répondit Georges, avant huit jours je serai revenu.

Les quatre hommes se serrèrent affectuousement la main, et Georges sauta dans le canot.

— Larguez tout et poussez au large!... commanda-t-il. Au revoir, à bientôt.

— Hurrah!... cria par trois fois le reste de l'équipage, qui assistait au départ.

— Dieu vous conduise, Messieurs, dit le docteur.

Le canot s'évita de la plage, tendit au vent sa blanche toile et cingla rapidement vers le sud. Les amis restèrent là jusqu'à ce qu'il ne fut plus qu'un point blanc dans l'horizon bleu; puis ils retournèrent au campement, parlant ensemble de l'heure prochaine de la délivrance.

### V. — La ligne de Norman-Mouth-Station à Cardwell.

Une petite troupe d'hommes pâles et amaigris cheminait lentement dans une gorge formée par deux collines, sur le bord d'un ruisseau qui gazouillait joyeusement au milieu des grands joncs et des chênes blancs de la rive. Leurs visages hâves disaient assez qu'ils avaient souffert, et le peu d'empressement de leur marche décelait leur fatigue.

Ils portaient tous le costume des matelots anglais, dont les cactus des fourrés avaient déjà pris maint lambeau.

C'était l'équipage du *Franckland*, qui se dirigeait comme il pouvait vers lo salut!

Voici ce qui s'était passé :

Huit jours s'étaient écoulés sans qu'on revît Georges et les secours promis, mais les matelots, électrisés par Jérémias, avaient tenu bon. L'énergie du docteur avait réussi à les décider à la patience, mais lorsque le quinzième jour ils n'aperçurent point de voile au large du golfe, ils se levèrent tous et déclarèrent formellement leur intention de gagner la station la plus rapprochée.

Cette fois, le docteur eut beau les exhorter à attendre encore, Wilson essayer les speechs qui lui réussissaient autrefois, rien n'y fit. Il fallut céder et partir.

Le docteur, habilement secondé par Dobson et son ami, équipa son monde dans les meilleures conditions, et l'on partit pour rejoindre Norman-Mouth-Station.

Tout d'abord ils suivirent la côte, mais bientôt une foule de cours d'eau qui coupaient le pays et se déversaient à la mer, les obligèrent à franchir les collines et à s'enfoncer dans la prairie.

Là commença le martyre avec les marches dans les fourrés, où il fallait se frayer un passage la hache à la main, braver les épines des cactus, en ajoutant à cela les longues courses à travers les rochers escarpés des collines.

— Le moral est bon, disait plaisamment le docteur pour essayer de dérider les fronts soucieux de ses compagnons; mais c'est le physique!

Et, ce disant, il tâtait ses jambes toutes saignantes de la morsure des épines qui avaient déchiré et le pantalon et la chair.

Ils en étaient là, et chaque jour la distance allait diminuant; mais les détours qu'ils étaient obligés de faire pour contourner les obstacles allongeaient considérablement le chemin, et plus d'un soupir s'échappait des poitrines oppressées.

C'était tout au plus si Jérémias osait parfois parler de Mac' Léan; mais, en revanche, la conversation tombait souvent sur Georges et l'équipage du canot-major.

Eux aussi, qu'étaient-ils devenus?

Le temps s'étant toujours maintenu au beau depuis leur départ, un naufrage était donc peu probable. Mais alors?

— La patience nous a manqué, répétait Wilson, nous les retrouverons là-bas.

Le docteur trouvait encore moyen de collectionner le long de la route et d'ajouter force flore à son herbier.

Il avait mis la main sur deux sortes de lilas splendides et d'une particularité singulière. Le premier, le *Mélia Australis* ou lilas blanc, embaume la forêt depuis le point du jour jusqu'au coucher du soleil.

Le crépuscule du soir lui enlève son parfum jusqu'à l'aurore, où il recommence à exhaler son odeur exquise.

Le second, de la même famille, est absolu-

nent l'opposé de son frère, le *Mélia*. Ce n'est
qu'à la nuit qu'il prodigue ses suaves effluves;
tout le jour le trouve sans le plus léger arome.

Le brave docteur eût bien voulu conserver
dans leur vitalité ces deux étranges phéno-
mènes de la flore australienne; mais le moyen
de transporter et de soigner ces arbrisseaux,
alors qu'eux-mêmes avaient déjà peine à se
tenir debout?

Il se résigna non sans un profond regret.

Peu d'incidents vinrent du reste trancher la
monotonie du voyage; la seule aventure digne
de remarque fut celle qui arriva à un matelot
de la troupe, le soir même du jour où nous les
retrouvons.

Ils campaient au milieu de la forêt, entourés
d'arbres géants de toutes essences. Le soleil
n'était pas encore couché, mais la fatigue était
telle que Jérémias n'avait pas jugé à propos
d'attendre la fin du jour pour se jeter sur les
couvertures. Chacun s'installa donc à sa guise,
le plus commodément qu'il le put, et se mit
en devoir de réparer ses forces par le sommeil.

Jérémias achevait une tranche de salaison en

compagnie de Wilson, lorsqu'un matelot couché à quelques pas d'eux au pied d'un grand
arbre poussa un cri de douleur au moment où
il se retournait sur le dos pour mieux se rouler
dans sa couverture.

Jérémias courut à lui, et le matelot lui expliqua que son épaule ayant porté contre le
tronc de l'arbre, il ne pouvait remuer, et qu'elle
devait être ou cassée ou démise.

Aux dernières lueurs du jour, le docteur
examina l'arbre d'un rapide coup d'œil.

Puis faisant signe à Wilson de l'aider, il alla
coucher le matelot à quelques mètres de là, et
le déshabillant jusqu'à la ceinture, il l'inonda
d'eau fraîche, en même temps que, secondé
par Wilson, il le frictionnait énergiquement.
Au bout d'une quinzaine de minutes le bras
raidi reprit sa souplesse, le sang revint en af-
fluence, et le malade, remis et ne sentant plus
qu'un léger engourdissement, remercia cha-
leureusement le docteur.

Celui-ci mena Wilson jusqu'à l'arbre et le
lui désigna du doigt. Comme Wilson s'en ap
prochait et avançait la main pour le toucher :

—Garde-t'en bien, s'écria-t-il, sous peine d'imiter ton matelot...

Wilson le regarda stupéfait.

— La nuit est noire maintenant, reprit le docteur; à demain les explications.

— Cet arbre, dit le docteur le lendemain devant la petite troupe assemblée, n'est autre chose qu'une ortie!

L'arbre mesurant au moins quinze mètres de haut et de deux à trois mètres de diamètre, il y eut dans les rangs un murmure d'incrédulité.

— Les larges feuilles rondes que vous voyez sont hérissées d'une quantité d'aiguilles imperceptibles et acérées, qui recèlent un caustique d'une très-grande violence. De même pour le tronc. L'effet de ce caustique est tellement foudroyant, qu'un simple contact suffit pour renverser un homme alors que les pointes ont traversé la peau et sont arrivées à la chair. C'est donc en grand ce qu'est en petit notre ortie d'Europe. Vous savez ce qui est advenu hier soir... gardez-vous donc d'y toucher même du bout du doigt.

— Comment appelles-tu ton ortie? demanda Wilson.

— *Urtica gigas*, ou, si tu l'aimes mieux Ortie géante, répondit le docteur.

Les hommes s'en écartaient déjà.

— Regardez-la bien afin de pouvoir la re connaître, ajouta-t-il; on en mourrait aisément.

La recommandation était utile; on la suivit.

La marche fut reprise.

Le soir du surlendemain, Wilson, qui marchait en éclaireur, s'arrêta soudain, et, levant son chapeau, cria hourrah par trois fois.

On apercevait des poteaux plantés de distance en distance qui supportaient un fil de fer d'assez fort diamètre.

L'équipage cria hourrah à son tour pendant que Jérémias consultait la carte.

— La ligne télégraphique de Norman-Mouth-Station à Cardwell, dit-il enfin en relevant la tête. Dieu est avec nous!

Le soleil du lendemain les voyait franchir l'enceinte de Norman-Mouth-Station, au fond du golfe de Carpentarie, au confluent des deux rivières Norman et Hoare.

## VI. — La Sarah!

Ils apprirent que Georges était arrivé à bon
port, et qu'on était parti à leur recherche par
la voie de mer. Le canot, ayant été retardé
par les vents contraires, n'était arrivé à Normanton que dix jours après avoir quitté les
naufragés du *Franckland*.

Le petit navire à vapeur qui était parti de
Normanton pour les ramener ne devant pas
tarder à être de retour, Jérémias résolut donc
de quitter l'hospitalière station et de gagner
Normanton, sur la côte, à la rencontre des
sauveteurs.

Il s'informa de *la Sarah*, de Mac' Léan, et
essaya de recueillir quelques renseignements.

Peine inutile! on ne lui donna pas d'espoir!
Enfin l'on attendrait Georges et l'on délibére-
rait s'il fallait ou non suspendre les recherches.

Georges ne revenait pas. L'impatience dévorait Jérémias et Wilson.

Pourvu qu'il ne se fût pas aventuré à l'intérieur du pays, pensant les retrouver et les ramener à la côte!

Enfin le jour arriva où Jérémias, qui passait ses journées sur le quai, vit poindre au loin un panache de fumée noire provenant d'un navire à vapeur.

— Les voici! s'écria-t-il.

Quelques heures après, le petit steamer rangeait les quais, et nos amis échangeaient une cordiale poignée de main.

— Qu'avez-vous donc? demanda le docteur à Georges. Vous avez l'air tout joyeux.

— Le plaisir de vous revoir, répondit de Morté en serrant vigoureusement la main que lui tendait Dobson.

Puis il ajouta :

— Venez donc, j'ai à vous parler.

— Il les fit passer dans un étroit petit salon à l'arrière du clipper, et les interrogea sur la manière dont ils avaient passé le temps, en même temps qu'il demandait les raisons pour lesquelles ils ne l'avaient pas attendu au bivouac de la côte sur le golfe.

Jérémias le lui expliqua sommairement.

— A propos, j'ai retrouvé Pearson!

— Hein?... firent ses interlocuteurs. Vivant?

— Mort! répondit le vicomte. Votre balle avait bien porté, docteur. Je l'ai trouvé sur la grève, étendu entre deux rochers, à trois cents mètres du campement. Il sera allé mourir là!

— Dieu lui pardonne! fit Dobson

— Et de plus, j'ai l'espoir de retrouver Mac' Léan, continua Georges avec un sourire de bon augure. Il n'est pas mort, et...

La phrase fit sensation.

— Il n'est pas mort! s'écria le docteur.

— Non, mon brave Jérémias, s'écria une voix émue derrière lui, il n'est pas mort!

Un homme de haute stature, les bras croisés sur la poitrine, le visage hâve et pâli, se tenait sur la porte de la cabine. De grosses larmes qui coulaient de ses yeux venaient rouler sur ses joues creuses et cuivrées par le hâle.

C'était Mac' Léan...

L'émotion fut indescriptible.

Jérémias, l'homme fort, faillit se trouver mal et tomber comme une masse.

— Mac' Léan! mon pauvre Mac' Léan! balbutia-t-il en pleurant.

Chacun le pressait à faire craindre de l'étouffer.

— Mon brave matelot! disait Mac' Léan à l'ancien commandant du *Franckland*.

L'émotion se calma et Mac' Léan put parler; il corrobora exactement les assertions de Dobson jusqu'au moment où ils s'étaient séparés.

— Après le massacre des miens, ils n'ont pas eu le cœur de me tuer, les lâches! racontata-t-il. L'un voulait m'abandonner à la Nouvelle-Zélande, l'autre dans une île quelconque de la mer de Corail. Bref, ils me conservèrent à bord, me tenant étroitement enfermé dans une cabine et ne me laissant monter sur le pont qu'au large des côtes et des navires. Moi, capitaine, j'ai vu ma pauvre goëlette servir de corsaire pirate et dévaliser plusieurs petits navires de commerce. J'aurais préféré la mort! Dieu ne l'a pas voulu et m'a sauvé! que son nom soit béni!

Je t'ai vu une fois, Jérémias, le jour de cette

fameuse chasse où j'espérais la délivrance, et qui a eu pour dénouement les bancs de corail de la passe!

Ah! si j'avais pu me jeter à la mer et vous rejoindre! Quand *le Franckland* a sauté, nous étions là, et nous avons assisté à son agonie, moi découvrant toute la scène à travers le hulot de ma cabine.

Ce Pearson que tu as tué, Jérémias, alors qu'il démolissait vos embarcations, était l'incendiaire du *Franckland*, je le vois maintenant.

— Et de quelle façon providentielle as-tu été sauvé? demanda le docteur, suspendu à ses lèvres.

— Nous croisions dans le golfe, répondit Mac' Léan, ils n'en sortaient pas. Sans doute quelqu'autre proie à saisir au passage! Un soir ils mouillèrent ma *Sarah* à environ deux encâblures de la côte, puis ils se mirent à boire. Etant ivres et voulant reprendre le large, ils se jetèrent à la côte. La pauvre goëlette fut bien endommagée.

Ils s'embarquèrent alors dans les canots et me laissèrent enfermé dans ma cabine. Je

crus voir venir ma dernière heure, mais le navire se maintenant et l'eau ne dépassant pas la
cale, je parvins à m'échapper en brisant la porte
de ma prison. Je vécus là pendant trois jours,
attendant qu'il passât un navire à portée.

C'est là que le steamer allant à votre secours
m'a trouvé et pris à son bord, où j'ai retrouvé
Georges.

Je n'ai plus maintenant qu'à vous remercier
de ce que vous avez fait pour le matelot, mes
chers amis. Laissez-moi vous dire que Dieu
ne laissera pas le dévouement sans récompense.

Jérémias haussa les épaules.

— Dévouement! grommela-t-il. En vérité...

Il n'en put dire davantage; les larmes l'é-.
touffaient.

— Ma goëlette est là-bas, reprit Mac' Léan,
nous irons le plus tôt possible voir à la ren-
flouer et à faire réparer ses avaries; puis nous
retournerons en Europe.

*La Sarah* était réparable, et elle fut peut-
être plus coquette que jamais sous la toilette
neuve que lui donna le capitaine.

Ramenant celui qu'on avait cru perdu,

chacun avait hâte de quitter la terre australienne; aussi pressa-t-on les préparatifs pour
mettre à la voile.

Comme ils sortaient du golfe, une tempête
les assaillit et les força à rentrer pour passer
la nuit.

Quand ils partirent le matin, Dobson aperçut
un canot qui faisait des signaux de détresse.

La goëlette piqua droit dessus, mais la mer
était houleuse et une lame qui prit l'embarcation en flanc la fit chavirer.

*La Sarah* força de toile, mais quand elle
arriva sur le lieu du sinistre, les hommes qui
montaient l'embarcation avaient disparu sous
la houle.

— L'embarcation de *la Sarah!* s'écria Mac'
Léan en regardant l'esquif, qui roulait la quille
en l'air.

— Le châtiment ! murmura le docteur en
se découvrant.

Et *la Sarah* reprit sa course.

FIN DU CAPITAINE MAC' LÉAN.

# LES DÉCOUVERTES

# DES TERRES-POLAIRES

# LES DÉCOUVERTES

# DES TERRES-POLAIRES

---

Aventure sinistre du *Cosspatrick* et de ses
quatre cents passagers, en destination de la
Nouvelle-Zélande et de l'Australie, 17 novembre 1874.

La Sixième Partie du Monde se compose des
Terres-Polaires, c'est-à-dire des continents
assez mal définis encore dont le gisement se
trouve sous le Pôle-Boréal, ainsi que nous
l'avons dit dans ce volume, au Voyage de
M. Hayes et sous le Pôle-Austral, tels que les
signalent les découvertes de notre illustre
marin Dumont-d'Urville.

Aussi, à ces Terres-Polaires a-t-on donné
la dénomination de Terres-Boréales, celles
dont les recherches sont dues aux navigateurs

anglais, sous le Pôle-Arctique, et Terres-Australes, celles que Dumont-d'Urville et d'autres marins français, sous le Pôle Antarctique, ont rencontrées, étudiées et appelées Terre d'Adélie, Terre de Louis-Philippe, etc.

Donner de longs détails sur les voyages entrepris dans l'océan Glacial-Antarctique ou Austral, serait reproduire les scènes que nous avons décrites à l'occasion de l'expédition au Pôle Nord de M. Hayes.

Cet océan Austral que l'on suppose occuper toute l'étendue de la zone glaciale du Sud, depuis le cercle polaire Antarctique jusqu'au Pôle, est fort peu connu, et les glaces qui le couvrent empêchent les explorateurs d'y pénétrer. Néanmoins, avons-nous dit, Dumont-d'Urville et autres investigateurs y ont trouvé des terres qu'ils ont nommées Adélie, Louis-Philippe I$^{er}$, etc.

Mais, à l'occasion de ces Terres-Polaires du Nord et du Sud, sixième partie de l'univers terrestre, nous pouvons faire connaître aux lecteurs certaines particularités qui certainement les intéresseront.

Ces jours derniers, —janvier 1875, — Paris a pu entendre traiter ce sujet, — et, pour mon compte j'ai joui de cette faveur, — par M. l'abbé Petitot, missionnaire de la baie d'Hudson, homme très-courageux, qui a passé douze ans de sa vie dans les neiges et les glaces des Terres-Polaires, au milieu des sauvages, des rennes et des ours. L'abbé Petitot appartient aux Oblats de Marie.

Les Oblats de Marie sont des missionnaires qui, allant prêcher la foi catholique dans les contrées les plus reculées, forment une communauté qui centralise les ressources. Comme on le pense bien, il n'y a pas de casuel aux Pôles, et ce sont les aumônes recueillies à Paris qui alimentent le budget des missions.

M. l'abbé Petitot appartient au vicariat de Mackensie. Cette mission se compose d'un évêque, monseigneur Faraud, d'un évêque auxiliaire, monseigneur Clut, de quinze prêtres et de douze frères lais. Ces missionnaires sont Français, mais ils parlent anglais, afin d'avoir des rapports plus faciles avec les autorités du pays.

Quant aux sauvages, ils savent presque tous quelques mots de français et ont pour la France une grande sympathie. Comme tout chacun sait, le Canada, contrée voisine de la our, conserve la langue et les mœurs françaises.

Notre héros a reçu le poste du fort de Good-Hope, c'est-à-dire de Bonne-Espérance, le point le plus rapproché du Pôle septentrional. Il s'y est construit, lui-même, une petite église en bois et une maison. Quelques bâtiments aussi modestes entourent l'église. Là, deux fois par an, en juin et en septembre, les sauvages arrivent au fort, qui n'est nullement fortifié; et comme à ce moment la circulation est relativement facile, chaque sauvage se présente, qui sur un radeau, qui sur un canot d'écorce, qui sur un traîneau attelé de chiens. Il amène sa famille et tout ce qu'il possède. Alors il dresse sa tente aux alentours de l'église. Aussitôt il fait échange des fourrures qu'il apporte contre des objets travaillés, de fer ou de bois, des vêtements européens, du tabac, etc., puis il reste quelque temps à écouter les prédications. Le prêtre n'enseigne pas seulement la religion, il se fait aussi l'apôtre du progrès scientifique et industriel. Il démontre l'usage des outils, la façon de faire la cuisine, les prescriptions de l'hygiène, etc. Le sauvage s'en retourne ensuite vers le Pôle et se promet d'y être plus heureux.

M. l'abbé Petitot ne borne pas là son œuvre. Il donne au sauvage du papier, de l'encre, des plumes, etc., et lui apprend la manière de se servir du tout.

Ceci est tellement inouï que je dois l'expliquer.

Les sauvages des environs du Pôle ont une langue bizarre, et des dialectes variés ; or, le bon prêtre parle les trois dialectes *dénédindjiés* et la langue esquimaude. Il a eu la patience d'en faire les dictionnaires, d'abord, puis d'en étudier les règles grammaticales. Chaque dialecte se compose de dix-huit mille mots, à peu près.

C'est ainsi qu'il a reçu, à Paris, des lettres apportées par des sauvages au fort de Bonne-Espérance, dans le courant de septembre, et

8

il y a répondu. Quand le destinataire de la let-
tre viendra, au mois de mai prochain, apporter ses fourrures au fort, il la trouvera et y
répondra à son tour. Ce n'est pas aussi rapide
que le télégraphe, mais c'est véritablement
aussi ingénieux.

En ce moment, l'abbé Petitot fait imprimer,
à Paris, ses dictionnaires, afin de pouvoir
universaliser l'instruction sur les bords de la
baie d'Hudson. Les mots trouvés chez les sauvages, le missionnaire a cherché le moyen de
les écrire. Or, les caractères phéniciens lui ont
paru les plus propres à l'interprétation de ces
langues. Il les a adoptés, et a appris à lire et à
écrire à tous ceux de ces sauvages qui se sont
faits chrétiens.

L'administration anglaise du Haut-Canada,
dirigée par un très-digne homme, M. Graham,
est fort paternelle. Les sauvages jouissent de
la liberté la plus absolue. Ils prennent seulement l'engagement de se rendre toujours au
même fort, pour y apporter leurs fourrures et
pour les y échanger contre des produits européens. On les sait orgueilleux et honnêtes,

aussi leur fait-on des avances, en nature. Il n'y a pas d'exemple qu'un sauvage ait manqué d'apporter, l'année suivante, les fourrures dont il a touché le prix en marchandises.

D'argent, il n'est point question dans ce pays fantastique. L'échange n'a d'autre base que la bonne foi des parties contractantes. Du reste, les agents des échanges sont d'une scrupuleuse honnêteté et les sauvages le reconnaissent.

Les missionnaires ne reçoivent rien de leurs néophytes.

— Puisque c'est Dieu qui t'envoie, disent ces hommes primitifs, c'est lui qui doit te payer...

Les bons prêtres sont de cet avis.

— Oui, répondent-ils aux sauvages, mais puisque tu reconnais que c'est Dieu qui nous envoie, tu dois lui obéir, n'avoir qu'une femme, et ne jamais tuer ton semblable...

C'est sur ces bases que l'instruction religieuse et morale s'est fondée et a donné d'excellents résultats.

Il y a quatorze ans, les Déné-dindjiés

tuaient facilement leurs frères et les man-
geaient volontiers, quand ils étaient tendres.
Les infanticides étaient innombrables : dès
qu'un enfant embarrassait quelque peu, on
l'égorgeait. Aujourd'hui les liens de famille,
les idées d'amitié existent. Il n'a pas fallu
plus de temps aux missionnaires pour accom-
plir cette réforme.

— Ces gens-là, disent les sauvages, font
de belles huttes, ils travaillent le bois, ils
savent soigner les maladies et cuire la viande :
ils sont donc nos supérieurs en toutes choses.
Ils ne nous prennent rien et nous traitent en
amis. Il faut les écouter! Dieu est le maître
du soleil, et c'est Dieu qui les inspire. Faisons
ce qu'ils nous disent...

Telle est la théorie des sauvages de l'Hudson. Les missionnaires ingénieux, adroits et
dévoués, n'ont pas beaucoup de peine à les
convertir au christianisme. Seulement, il faut
vivre là-bas, et ce n'est pas chose très-com-
mode pour des Européens.

Un seul détail à faire dresser les cheveux
sur la tête! Le pain y est inconnu... Pendant

ses douze ans de mission, M. l'abbé Petitot n'en a pas mangé un gramme. Homme du monde, préparé par son éducation à vivre en gentleman, il s'est résigné à mordre exclusivement dans des morceaux de venaison, grillés ou rôtis...

Tout n'est pas rose, dans la vie! Et tout n'est pas agrément dans les voyages, hélas!

On part, et on se sent aussitôt en extase en présence des magnificences du firmament, du rivage et des côtes. On admire, au lever du jour, le ciel emplissant tour à tour de ténèbres et de lueurs les vallées profondes, les sauvages ondulations des forêts, les osseuses charpentes des montagnes plongeant leur base jusque dans la mer et faisant valoir vigoureusement le bleu dur et poli des flots, et leurs bouquets d'îles rocheuses émergeant de nappes tantôt sombres comme du lapis en fusion, tantôt étincelantes comme de la poussière de diamant.

On part, dis-je, la joie au cœur, l'éblouissement dans les yeux... On va, on vient sur le pont; on examine le jeu des agrès; on s'intéresse à tout... On part, mais, hélas! sait-on quand on reviendra? Sait-on même si l'on arrivera?

Et combien qui n'arrivent pas? Combien qui sombrent chemin faisant? En effet, l'élément perfide, les eaux de la mer et des océans, à qui on livre tout un monde de matelots et la fortune que renferme un navire, ne sont-ils pas les plus dangereux ennemis de la vie des hommes et du salut des flottes? N'a-t-on pas à craindre sans relâche le vent qui fait rage, les rafales qui sifflent et qui grondent, les vagues qui bondissent en montagnes et se creusent en abîmes, les nappes d'eau fouettées, tordues, déchirées par les tempêtes?...

Ne se fait-il pas souvent des voies d'eau dans la coque du bâtiment, et, alors, la cale d'abord, l'entrepont ensuite, et puis les cabines, peu à peu, sont envahis par l'élément liquide, qui s'infiltre en bouillonnant, qui monte, monte encore, monte toujours avec un sinistre et indomptable murmure, qui, enfin, emplit tout les espaces vides de la nef de son

inondation incessante, frémissante, et, l'en-
gloutissant, la fait couler dans les profondeurs
insondables de l'Océan ténébreux?

Les passagers et l'équipage ne se trouvent-
ils pas abandonnés par les brises au fléau d'un
calme plat qui ne permet ni d'avancer ni de
reculer, mais qui les cloue sous les rayons de
feu d'un soleil implacable et dans les remous
d'une mer d'huile sans vie, sans issue, sans
espoir!

N'arrive-t-il pas que, de jour ou de nuit,
mais de nuit surtout, et alors l'obscurité rend
le drame plus terrible et plus épouvantable,
n'arrive-t-il pas que le navire est abordé
soudain par un autre navire, perforé, fra-
cassé, coupé en deux, lacéré, détruit, livré
par parties, qui se détachent en frémissant, à
la fureur des lames, et enfoui à toujours,
corps et biens, en des gouffres qui jamais ne
rendent leur proie?

Et l'incendie! Que pourrais-je dire de l'incendie d'un paquebot, d'un steamer, d'un
vapeur quelconque, cutter, aviso, goëlette,
ou tout autre bâtiment, en pleine mer, au

milieu des eaux, il est vrai, mais alors que dans ce vaisseau tout est bois et présente un aliment des plus favorables à la cruelle avidité des flammes?

Dieu nous préserve, si jamais nous voyageons, des tempêtes, des voies d'eau, des calmes plats, des abordages, etc. Mais qu'il nous préserve plus encore de l'incendie! L'eau et ses envahissements sont l'un des plus formidables sinistres : mais être brûlé vif et ne pouvoir échapper à la redoutable morsure du feu, c'est un bien autre supplice encore!

Qu'il est beau de voir un grand navire s'élancer avec orgueil des bassins du port et prendre son élan pour aller braver les flots et traverser les mers, en accomplissant un voyage de 1,500, 3,000, 4,000 lieues, comme pour mettre en communication les extrémités du monde les plus reculées!

Tel était le spectacle qui était donné à l'un des ports de la vieille Angleterre, au mois de novembre dernier, 1874!

Le *Cosspatrick* s'éloignait de la mère-patrie,

emportant dans ses vastes flancs et campés dans l'entrepont :

Quatre-vingts pères de famille;

Quatre-vingts femmes d'un âge mûr;

Cent dix-neuf enfants, dont seize encore à la mamelle;

Quatre-vingt-dix-sept adolescents;

Et quarante-cinq filles.

Tous allaient chercher aux antipodes de notre hémisphère, c'est-à-dire dans la Nouvelle-Zélande et l'Australie, un autre sol plus généreux que celui de la blanche Albion.

Oui, désespérant de trouver sur la terre qui les avait vus naître un salaire suffisamment rémunérateur, ces quatre cent vingt et un pionniers du travail avaient accepté les offres séduisantes du gouvernement anglais dans ces deux États. Au lieu de chercher à arracher aux lords la propriété de la terre arrosée par leurs sueurs, ils se rendaient dans des contrées lointaines, mais fertiles, où un sol vierge leur offrait ses sourires et ses trésors.

La navigation des premiers jours fut heureuse. Les passagers, joyeux de gagner désor-

mais plus facilement l'existence de leur famille, si pénible jusque-là, tout en contem-
plant tour à tour les grands effets d'ombre et
de lumière dont l'océan Atlantique leur présentait le tableau grandiose, les levers et les
couchers de soleil sur les flots, les aspects su-
blimes du firmament constellé des feux céles-
tes pendant les nuits, et enfin les manœuvres
de l'équipage, devisaient sur le pont, et se
faisaient mutuellement part de leurs projets.

Le *Cosspatrick* approchait du groupe des
îles Madère, dont on voyait au loin se dessiner
en gris les étranges dentelures sur le ciel
bleu. On se trouvait dans le voisinage des rochers déserts connus des navigateurs sous le
nom de Tristan d'Acunha.

C'était le 17 novembre. On était au milieu
du jour, et l'Océan rutilait sous les flèches
d'or que le brûlant soleil du midi faisait ruis-
seler sur les vagues.

Les travailleurs, appuyés sur les bastingages du navire, se livraient au plaisir de
voir s'ébattre les marsouins à la surface des
eaux. C'est chose curieuse, en effet, que les

jeux de ces mammifères, de la famille des dauphins, et que l'on surnomme cochons de mer. On les voit venir de l'ouest, se dirigeant vers l'est, et formant un banc de trois à quatre kilomètres de longueur. Ces joyeux cétacés sont rangés en ligne droite, semblables à un bataillon d'infanterie marchant par le flanc. Ils émergent ici et là dans un mouvement de rotation, particulier à la nage du marsouin, par groupes de quatre à cinq, ce qui donne à toute la colonne l'aspect de barils attachés à une cinquantaine de mètres les uns des autres, et pointillant la mer d'une ligne noire Tout chacun, parmi les novices des choses de l'Océan, de rire en face des évolutions de ces habitants des eaux.

Mais, tout-à-coup, les rires de la foule sont couverts par un cri formidable s'échappant par tous les sabords et toutes les écoutilles.

— Au feu!... au feu!...

En même temps s'élancent de toutes les ouvertures du navire de nombreux matelots appelant à eux le capitaine, son second, les officiers du bord, et répétant en chœur, d'une

voix étranglée par l'épouvante. cette sinistre
exclamation :

— Au feu!... au feu!...

A cette horrible clameur, tous les passagers, hommes, femmes et enfants, de se livrer
au désespoir. Vainement on leur dit que le
danger peut être conjuré... Les larmes cou-
lent de tous les yeux. Les jeunes filles surtout
se jettent dans les bras de leurs mères, de
leurs pères, invoquent le Seigneur et le con-
jurent de veiller à leur salut.

En même temps, les hommes, robustes travailleurs, se précipitent et disparaissent dans
l'entrepont, espérant et allant s'assurer que
déjà on a commencé à éteindre l'incendie.
Ils vont et viennent, offrant leurs bras et
leur courage, afin d'arrêter et de comprimer
l'essor du feu, car de toutes les calamités dont
on puisse être frappé sur un bâtiment, en
pleine mer, il n'y en a pas de plus épouvantable qu'un incendie.

Hélas! l'incertitude n'est pas possible. Voici
qu'une épaisse fumée s'échappe des écoutilles
et des sabords : évidemment le feu continue

son œuvre de destruction. En outre, comme pour enlever le moindre doute, une explosion subite se fait entendre dans les flancs caverneux du paquebot. L'effroi se peint sur toutes les physionomies, car la coque du navire est ébranlée; il semble qu'elle se disloque; d'affreux craquements se font entendre; le pont s'agite sous les pieds : on dirait que déjà le bâtiment s'enfonce peu à peu sous les eaux de l'Océan.

Ce sont des barriques renfermant des alcools qui, gagnées par le feu, éclatent soudain, et répandant au-dehors leur liquide qui s'enflamme, communiquent à l'incendie, dans la cale où il était concentré, une nouvelle activité et une violence telle que toutes les autres parties du vaisseau prennent feu et crépitent sous les morsures des flammes.

Cependant les passagers anglais, écossais, .r'andais, tous les travailleurs du bord, les matelots et les officiers s'empressent de réunir leurs efforts pour entraver la marche du sinistre. On apporte sur le pont tous les seaux emmagasinés dans les cambuses  on monte les

pompes enfouies dans leurs étuis. On les met
en jeu aussitôt, et les voilà qui répandent à
profusion des flots d'eau de mer, au point
d'inonder l'entrepont, les cabines, la cale, etc.
L'eau ruisselle par toutes les ouvertures,
mais elle ne produit pas sur l'action du feu
l'effet qu'on en attend : elle le déplace, et
l'incendie devient de minute en minute plus
vif et plus menaçant, comme pour se jouer
des tentatives acharnées qu'on lui oppose.

Tous les gens de l'équipage sont disposés
en grappes vivantes sur les agrès, le pont et
les bastingages : mais nul n'ose plus pénétrer
dans les profondeurs du vaisseau, qui se
change en fournaise. Les flammes et la fumée
ne le permettent plus. Par bonheur encore,
dans ce moment suprême, les marins ne s'a-
bandonnent pas absolument au décourage-
ment, tant qu'il leur reste une chance de
salut, et leur exemple soutient quelque peu le
moral et rend quelque espoir aux passagers,
à leurs femmes, à leurs filles et même aux enfants.

Tout-à-coup les pompes s'arrêtent et cessent

de fonctionner : leurs tuyaux s'engorgent et
s'affaissent; l'eau ne coule plus. Et puis voici
qu'un épais nuage de fumée noire enveloppe
tout l'arrière du *Cosspatrick* et s'élève avec
lenteur, en planant au-dessus du théâtre du
désolant sinistre. Il fait si peu d'air, et l'atmosphère devient tellement brûlante, que la
sombre colonne qui se dégage à l'entour du
mât d'artimon le rend complètement invisi-
ble. Toutefois les flammes ne se montrent pas
encore au-dehors : mais un bruit sourd, accompagné de craquements formidables, qui
éclatent par intervalles, dit assez, dit beaucoup trop que l'incendie gagne et qu'il fera
bientôt sa cruelle apparition, dans toute sa
hideuse et fulgurante splendeur. Aussi, chez
les pauvres femmes, chez les pauvres enfants,
quelles angoisses, quelle inexprimable épouvante, quel deuil, quelle douleur, quel désespoir!

Les bras des travailleurs ne sont plus occu-
pés : aucun d'eux ne cherche plus à entraver
la marche, les progrès toujours croissants de
l'incendie. On en est venu à ce point de dé-

tresse, que l'unique moyen de salut qu'il soit possible d'aviser est de se soustraire au fléau par la fuite.

Une immense clameur retentit sur le pont :

— Les embarcations à la mer!

*Le Cosspatrick* possède plusieurs embarcations. On les descend en hâte de leurs palans, et chacun des passagers s'occupe déjà de profiter de ces chaloupes pour s'arracher à la mort.

Mais quel désordre! Et, dans ce désordre, comment réussir à trouver place, lorsque le moindre mouvement gêne et compromet les manœuvres. D'ailleurs la chaleur du foyer en combustion devient intolérable, et on est asphyxié par l'horrible fumée qui jaillit en torrent de toutes les fissures du bâtiment.

Impossible d'organiser le sauvetage : tout concourt à favoriser le développement du sinistre. Voici les mâts, rongés par les feux inférieurs, qui s'agitent sur leurs bases, s'inclinent et s'effondrent, entraînant avec eux la chute des agrès, haubans, etc. C'est un tohubohu inextricable. Enfouis sous les cordages

et les débris, nombre de femmes, de jeunes
filles, d'hommes et d'enfants sont cruellement
blessés. Mais que sont les blessures, en présence de l'affreux trépas qui menace, et qui
semble désormais inévitable? Toute manœuvre, tout mouvement pour le salut commun
deviennent impossibles...

Tout-à-coup un jet de flammes se dégage
des colonnes de fumée qui s'échappent de
toutes parts. Il est suivi d'un autre plus rouge
et plus intense. Un troisième jaillit avec
fureur et fait rage. D'autres encore se produi-
sent successivement, jusqu'à ce qu'une large
et incommensurable nappe lumineuse s'élève
de tout le navire, l'entoure de flammes crépi-
tantes, et s'élance vers le ciel d'une manière
continue, terrible, épouvantable.

Le jour est obscurci, et le soleil s'éclipse,
ne se montrant plus que comme un bouclier
de bronze, rougi au feu d'une fournaise, derrière des nuages amoncelés de fumée rousse
et noire.

Un cri de désespoir suprême s'échappe de
toutes les poitrines : il n'y a plus d'espé-

rance! Aussi on prie, on pleure, on se la-
mente, on offre à Dieu la dernière des invoca-
tions. Non, pas un être ne pourra s'échapper,
vivant, de l'incandescent brasier qui monte
comme une marée de feu : des cratères s'ou-
vrent dans le parquet du pont sous les pieds
des infortunées victimes, que les flammes entourent, enveloppent et commencent à dévorer, car une indicible odeur de chair brûlée
se répand et infecte l'air. Déjà les pauvres
animaux, attachés aux bordages et destinés à
l'alimentation des gens du navire, ont succombé, en poussant d'horribles mugissements
d'épouvante. Les scènes qui se passent sont
indescriptibles...

Il ne reste plus qu'à mourir! car le feu
s'est emparé de tout l'édifice flottant. Il ronge
les agrès et toute cette énorme quantité de
cordages goudronnés, de vergues, de débris de
mâts et d'enfléchures, qui deviennent un aliment actif de sa fureur.

Qui pourrait peindre cet affreux spectacle?

A la lueur sinistre qui rayonne autour de
toutes ces misérables créatures saisies vivan-

tes par un implacable fléau, hommes, femmes, filles, enfants, mousses, matelots et officiers, tous se lamentant, tous pleurant, gémissant, se faisant les plus tendres adieux, et dont les silhouettes se détachent en noir sur un fond rutilant de feux de volcans, on croirait assister au finale de quelque infernale tragédie. Cette vive lumière de flammes dévorantes, dont chaque minute accroît l'intensité, permet de saisir les moindres détails de cet abominable tableau.

Que votre imagination, lecteurs, comme la mienne, se représente, si possible, la terreur atone des yeux égarés des suppliciés, de ces pauvres et dolents patients! Qu'elle voie l'écume sanglante de leurs bouches convulsives; les effroyables contorsions d'un désespoir sans nom; les horribles rictus de visages affolés poussant d'inexprimables clameurs, pendant que certaines voix d'infortunés, en proie aux plus cruelles douleurs, poussent des éclats de rire stridents, — c'est là le phénomène de la démence, — rires qui rappellent les rugissements des chacals et des hyènes...

J'ai dit, et je vous laisse ruminer les épou-
vantes de ce drame d'un réalisme saisissant,
drame qui se passait au milieu de l'océan Atlantique, le 17 novembre dernier, en 1874!...

Les télégrammes qui nous sont venus de
Madère sont loin de diminuer le sentiment
d'horreur excité par la nouvelle de l'incendie
du *Cosspatrick*.

Le sinistre, paraît-il, éclata avec tant de
fureur, que deux canots seulement purent être
lancés à la mer.

De ces deux canots, un seul fut recueilli par
le *British-Sceptre*, passant par miracle dans
des parages que les vaisseaux anglais ne fré-
quentent plus, depuis l'ouverture du canal de
Suez.

Qu'est devenu l'autre canot? Celui-là portait
cinq passagers...

Voici quelques nouveaux renseignements
qui nous viennent de Londres :

Trois marins ont survécu au cruel désastre
du *Cosspatrick*, le second et deux matelots.

Ce sont eux qui ont été recueillis par le *British-Sceptre*, de Liverpool.

Quand leur canot a pu aborder le *British-Sceptre*, les trois malheureux étaient depuis dix jours à la merci des flots, sans vivres et sans eau. L'embarcation qu'ils montaient contenait tout d'abord trente passagers et matelots. Tous sont morts, à l'exception de quatre, qui ont vécu de la chair de leurs compagnons qui avaient succombé. Un des quatre est mort fort à bord du *British-Sceptre*.

Le second canot, qui avait pu être mis à la mer, contenait le premier officier, cinq matelots et vingt-cinq passagers. Un coup de vent ayant séparé ce canot de l'autre chaloupe, on ignore ce que peuvent être devenus les personnes qui le montaient.

Le seul espoir qui reste est qu'elles aient atteint l'île de Tristan d'Acunha : mais rien ne confirme cette supposition.

La plupart des émigrants étaient des cultivateurs originaires de toutes les parties de la Grande-Bretagne.

Mais nous avons, nous Français, à déplorer,

dans ce sinistre, la mort de cinq de nos com-
patriotes, et d'un Suisse.

Toutefois, il est consolant de remarquer que
les catastrophes du genre de celle du *Cosspatrick* sont relativement rares. Depuis que le
gouvernement de la Nouvelle-Zélande a établi
une agence en Angleterre, il n'a pas trans-
porté dans cet archipel moins de soixante
mille émigrants répartis sur cent vingt-sept
bâtiments. Sur ces soixante mille, les deux
tiers ont quitté la mère-patrie en 1874, grâce
à l'impulsion que la grève agricole a donnée à
l'émigration.

Nous sommes certainement confondu de
l'horreur de cette sinistre aventure, mais une
chose nous intéresse vivement au point de vue
de la colonisation, au point de vue de l'exemple donné à la France.

La France, dit-on, n'a jamais su coloniser.

Bon gré mal gré il faut bien que nous con-
stations que trente-six mille travailleurs de
nos champs ont pu, sans qu'ils aient un sou à
débourser, être transportés aux antipodes,
dans notre Nouvelle-Calédonic, en moins

d'une année. Or, ce résultat merveilleux a été
obtenu aux frais d'une colonie établie depuis
trente ans à peine, et dans un pays où le can-
nibalisme était le régime normal des sauvages
qui y régnaient en souverains.

Maintenant, quelques mots sur l'Australie
et la Nouvelle-Zélande, destination des émigrants malheureux du navire anglais *le
Cosspatrick :*

L'Australie ou Nouvelle-Hollande est un
véritable continent. En effet, cette terre australe compte environ mille lieues terrestres de
longueur sur une largeur moyenne de quatre
cent cinquante. Sa surface peut égaler environ
les trois quarts de celle de l'Europe. Sa confi-
guration offre plusieurs traits de ressemblance
avec l'Afrique. L'une et l'autre se prolongent
en pointe vers leur extrémité; l'une et l'autre
sont échancrées dans la partie du sud-est, et
leur largeur se dilate beaucoup vers le milieu.
Le seul détroit de Bass, dans l'Australie,
établit une différence.

L'Australie est séparée de la Nouvelle-

Guinée par le détroit de Torrès, et de la Tas-
manie par celui de Bass.

A l'est, un canal de trois à quatre cents
lieues de large la sépare de la Nouvelle-
Calédonie et de la Nouvelle-Zélande.

Enfin, à l'ouest, l'océan Indien, tout entier,
s'étend entre l'Australie et l'Afrique.

Un grand nombre d'îles de diverses gran-
deurs sont disséminées sur les côtes de la
Nouvelle-Hollande, surtout dans la partie septentrionale, où elles forment souvent une bar-
rière continuelle soudée par des brisants, au-
devant de la grande terre. Telles sont les îles
du Prince de Galles, Groote et Melleville, etc.

Le vaste golfe de Carpentarie, qui n'a pas
moins de cent trente lieues de profondeur, sur
cent dix de large, échancre considérablement
l'Australie vers le nord.

Les autres enfoncements les plus remar-
quables sont le golfe de Van-Diémen, de Cam-
bridge, d'Exmouth, la baie des Chiens-Marins,
les golfes Spencer, Saint-Vincent, etc.

Les côtes de l'Australie offrent une quantité
de bons mouillages capables de recevoir et

d'abriter de nombreuses flottes, comme Port-
Jackson, Botany-Bay, le port Western, le port
Philip, le port du Roi-George, et enfin la magnifique baie de Jervis, si spacieuse et si
sûre.

Sur une terre aussi vaste, il est facile de
comprendre que la nature du climat doit
varier, dans ses différentes zones, suivant
leur élévation en latitude. Sur toute la bande
septentrionale, les chaleurs sont brûlantes.
Dans la partie moyenne, le climat se tempère
déjà. Enfin, sur toute la bande méridionale,
l'année peut se diviser par saisons, étés et
hivers, offrant toutes les alternatives ordi-
naires de froid et de chaud, de pluie et de sé-
cheresse.

Toute l'étendue de la Nouvelle-Galle du
Sud est désolée par ces sécheresses, et souvent six ou sept mois s'écoulent sans qu'il
tombe une seule goutte d'eau. Alors des incendies immenses, les uns fortuits, les autres
provenant du fait des naturels, dévorent toute
la végétation et compromettent la vie des
troupeaux et la sécurité des habitants. Pen-

dant tout le temps que durent ces incendies, l'atmosphère est chargée de tourbillons d'une fumée suffocante, et le pays garde longtemps un aspect triste et calciné.

D'autres fois ce sont des pluies qui arrivent, et elles tombent avec une impétuosité telle que l'on dirait un vrai déluge. Le lit des rivières s'élargit tout d'un coup. Les eaux débordent et inondent les campagnes voisines, au point d'en former de vastes lacs, du milieu desquels surgissent seulement les cimes des grands arbres.

L'Australie ne présente aucune montagne comparable à celles du premier ordre, en Europe.

Sur la bande de l'est, la chaîne des Montagnes Bleues, qui règne parallèlement à la côte, à une distance de quinze à vingt lieues, s'élève rarement à plus de quatre cents toises au-dessus du niveau de la mer.

Au temps de la découverte de ce continent austral, on n'y trouva aucun quadrupède rappelant l'ancien monde, si ce n'est le chien, ayant de l'analogie avec le renard, quoique

un peu plus grand. Les autres étaient des espèces nouvelles, kanguroos, koalas, petit animal surnommé *le paresseux*, et ayant quelque
ressemblance avec l'ours, opossums, néra
mèles, etc.

A cette époque, la plage méridionale offrait
des troupes de phoques : mais la poursuite
tend à les faire disparaître.

Les crocodiles abondent dans les canaux de
la partie septentrionale, et atteignent de fort
grandes dimensions.

La tortue verte existe sur plusieurs points.
Les lézards sont d'espèces variées et ont jusqu'à quatre pieds de long. On y trouve aussi
plusieurs sortes de serpents, dont quelques-
uns sont venimeux.

Les oiseaux présentent un grand nombre
d'espèces : casoars, pélicans, cygnes noirs,
aigles, faucons, cacatoës noirs, blancs et gris,
perroquets et perruches aux plumages nuan-
cés de toutes les couleurs, hérons, perdrix,
pigeons, tourterelles, gobe-mouches, lo-
riots, etc.

Les tribus qui peuplent l'Australie appartiennent au type le plus commun et le plus dégradé de la race mélanésienne. S'il est possible d'avancer une hypothèse, ce continent a dû recevoir sa population des terres de la Nouvelle-Guinée, par le détroit de Torrès. Ces sauvages, d'écueil en écueil et d'île en île, seront parvenus sur les plages ingrates de la Nouvelle-Hollande, et là, privés de végétaux nourriciers de la patrie primitive, astreints à la vie de chasseurs nomades, souffrants, malheureux, ils s'étiolèrent et descendirent au dernier degré de l'échelle des êtres.

Toute notion d'agriculture est demeurée étrangère à l'Australien, qui est petit de stature et d'un physique chétif. Les extrémités sont grêles et disproportionnées avec le reste du corps. Le ventre est souvent proéminent, le front comprimé, le nez épaté. Les narines sont évasées, les yeux enfoncés et petits, la bouche très-large, les mâchoires saillantes, la barbe noire, touffue et hérissée. La couleur varie depuis le jaune ou cuivre foncé jusqu'au noir assez prononcé. Les cheveux sont tantôt longs et lisses, tantôt noirs et

crépus, le plus souvent ébouriffés et frisés :
mais ils ne sont jamais vraiment laineux.

Jeunes, les femmes ne sont pas très-désa-
gréables à voir. Leurs formes, souples et
légères, ont même une certaine grâce sauvage. Mais, dans leur vieillesse, ce sont les
créatures les plus hideuses qu'on puisse ima-
giner.

Les Australiens sont fort agiles à la course.
Ils grimpent à la cime des arbres avec la rapidité d'un chat. Leur vue est perçante, leur
ouïe fine et subtile, leurs dents belles et bonnes. L'huile de poisson est en grand usage
parmi eux. Ils s'en frottent le corps, ce qui
leur donne une odeur repoussante. Souvent ils
placent les entrailles des poissons sur leur
chevelure et laissent à l'ardeur du soleil le
soin de les fondre. L'huile qui dégoutte de la
sorte sur tout leur corps sert du moins à les
garantir des piqûres des moustiques.

Un des premiers navigateurs qui péné-
trèrent dans l'Australie rend compte de l'im-
pression qu'il subit en présence d'un naturel
de ce continent, de la façon suivante :

« Je vis un objet qui ne pouvait, en aucune manière, passer pour un homme. C'en était un cependant, qui ne montrait alors que la partie dorsale. Dans cette position, on l'eût pris pour une peau de bête étendue au soleil. Sur un appel des matelots, cet objet se tourna de notre côté. Rien de plus hideux au monde. Qu'on se figure une grosse tête garnie de cheveux ébouriffés, avec une face plate, élargie transversalement, des arcades sourcillères très-saillantes, des yeux d'un blanc jaunâtre très-enfoncés, des narines écrasées et écartées, des lèvres charnues, des gencives blafardes et une bouche énorme. Qu'on y ajoute un teint de suie jaunâtre, un corps maigre et grêle. Encore le spécimen que j'avais sous les yeux n'était-il pas un des êtres les plus disgraciés de cette race. »

Nous avons dit quelque part que la Nouvelle-Zélande est située à l'est de l'Australie, dont elle est séparée par un large canal de plus de cent lieues marines.

Les îles Solander, deux rochers stériles, écueils redoutables, servent de point de recon-

naissance à l'entrée du détroit de Faveaux.
Ces écueils dépassés, la grande terre s'offre
aux regards des navigateurs.

C'est la pointe de Tavaï-Pounamou, se com-
posant de montagnes escarpées d'une grande
hauteur, dont quelques-unes demeurent couvertes de neige. Le sol paraît âpre, mais nullement stérile. L'œil distingue à travers ces
déchirures profondes de vastes espaces boisés,
vallons ou plateaux.

On ne peut se faire une idée de l'aspect silencieux et solitaire des rivages de la grande
baie de Dusky. A peine quelques oiseaux se
font-ils entendre sous les voûtes muettes des
arbres, et si l'on n'apercevait çà et là des
taillis à demi coupés, on pourrait croire que
l'homme n'a jamais mis le pied sur cette
terre.

Ce ne sont plus les merveilleux paysages de
la Polynésie, où les palmiers, les bananiers,
les pandanus déploient leurs formes élégantes
et caractéristiques; ce n'est pas non plus la
flore de l'Australie, si riche et si variée, quoique dépourvue de fraîcheur.

Sur les bords de la baie de Dusky, la nature végétale prend un aspect sombre et sévère. Le règne animal y offre beaucoup de ressources; les forêts abondent en poules d'eau, et la pêche donne une profusion de poissons savoureux.

Ce fut le capitaine Cook qui donna le nom qu'elle porte à cette baie, à cause d'une cascade curieuse qui se trouve à son entrée, sur la côte méridionale.

Une colonne d'eau de quinze à vingt pieds de volume tombe d'un rocher vertical, haut de cinquante toises. Au quart de cette hauteur, cette colonne, venant attaquer une saillie du roc un peu inclinée en avant, se transforme en une nappe limpide et transparente de quinze toises de largeur. Dans la chute, les eaux s'éparpillent, bouillonnent, se brisent sur le roc, ou jaillissent en prenant mille formes diverses, jusqu'à ce qu'elles viennent se réunir dans un superbe bassin de cinquante toises de circuit.

« Nous étions en observation, dit un voyageur, quand nous aperçûmes une pirogue

chargée de sauvages. Ils vinrent à nous en
poussant de grands cris de joie, et bientôt ils
nous tendirent la main. Les chefs frottèrent
gravement leurs nez contre les nôtres, puis ils
nous conduisirent auprès de leurs foyers. Ce
fut à la lueur des flammes que j'examinai ces
insulaires. C'était bien là le type polynésien,
que je revoyais, mais plus mâle, plus énergique que je ne l'avais trouvé à Tonga, et même
à Hamoa. Quelques hommes surtout se faisaient remarquer par leur bonne mine. Leurs
figures étaient presque entièrement couvertes
par un tatouage composé de dessins réguliers,
profondément gravés dans la peau. A part
l'effet produit par la difformité de leur couleur
cuivre jaune, leurs traits ne manquaient pas
de distinction. Grands et bien faits, leurs mouvements accusaient la vigueur et l'agilité.
Plusieurs des chefs portaient d'élégantes
nattes de *phormium-tenax*, cette plante textile
dont nos jardins s'enorgueillissent depuis plusieurs années.

» Il y avait là aussi quelques femmes qui
pouvaient passer pour jolies à cause de leur

fraîcheur et de leur jeunesse. Bien faites, elles étaient néanmoins au-dessous des femmes de Tonga, pour la régularité des traits, pour la souplesse des formes, et surtout au point de vue de la propreté.

» Ces naturels nous offraient de bon cœur de partager les vivres qu'ils avaient devant le foyer, pommes de terre, racines de fougères, poisson desséché, etc. Ils nous répétaient sans fin, d'un air amical :

» — *Ka païl... ka païl...* ce qui veut dire : C'est bon !...

» Pour rendre politesse pour politesse, nous leur donnâmes à boire de l'excellent rhum.

» *Kawal... kawal... ha-kinol...* Fort, fort, mauvais ! »

Je n'entre pas dans plus de détails sur la Nouvelle-Zélande, l'espace ne le permet pas.

Mais cette rapide esquisse donne quelque peu l'idée des contrées vers lesquelles naviguait *le Cosspatrick*, avec son chargement d'émigrants, lorsqu'il avait été arrêté soudain et détruit par l'horrible incendie que vous savez.

# NOTICE

## SUR LES PHOQUES DU POLE NORD.

———

Les phoques sont des animaux amphibies;
ils se distinguent de tous les autres mammifères carnassiers par leurs pieds extrêmement
courts, plats, enveloppés par la peau, palmés,
en forme de nageoires, ne pouvant leur servir
qu'à ramper péniblement sur la terre, mais
très-propres à nager. Par le mot amphibie, il
ne faut pas entendre que l'animal peut vivre
sous l'eau et sur la terre, mais seulement
qu'il habite l'une et l'autre, et qu'il respire
l'air atmosphérique seulement, ce qui le force
à se maintenir à la surface des ondes ou à y
venir respirer quand il a plongé.

Ces animaux ont des canines et des incisi-
ves, et leurs canines supérieures sont de gran-
deur ordinaire, non en forme de défense.

L'histoire de ces animaux est encore très-embrouillée.

Pour écrire ainsi que pour étudier les mœurs et les habitudes de ces amphibies, il faut les suivre à travers les écueils et les récifs qui bordent toutes les mers, et jusque sur les glaces éternelles des pôles, où ils font leur résidence habituelle. Nous les verrons se jouer à travers les tempêtes, sur les vagues irritées, passer la plus grande partie de leur vie dans les eaux, s'y nourrir de poissons, de crustacés et de coquillages, qu'ils pêchent avec beaucoup d'adresse, et ne venir à terre, où ils ne peuvent se traîner qu'en rampant, que pour allaiter leurs petits ou dormir au soleil. Leur corps allongé, cylindrique, diminuant progressivement de grosseur depuis la poitrine jusqu'à la queue, leur colonne vertébrale très-mobile, leurs muscles puissants, leur bassin étroit, leurs poils ras et serrés contre la peau, en un mot toute leur organisation en fait les meilleurs nageurs qu'il y ait parmi les mammifères, si l'on en excepte les cétacés. La nature leur a donné une conformation particulière qui leur permet de respirer à d'assez longs intervalles, et par conséquent de rester longtemps sous l'eau, quoiqu'ils n'aient pas le trou botal bouché, comme l'ont prétendu quelques naturalistes, et particulièrement Buffon. Leurs narines offrent aussi une particularité remarquable : elles sont munies d'une sorte de petite valvule que l'animal ouvre et ferme à volonté, et qui empêche l'eau de leur entrer dans le nez lorsqu'ils plongent. Un fait extrêmement singulier, mais notoire, est que ces animaux ont l'habitude constante, lorsqu'ils vont à l'eau, de se lester comme on fait d'un vaisseau, en avalant des cailloux, qu'ils vomissent en revenant au rivage. Certaines espèces recherchent les plages sablonneuses et abritées, d'autres les rocs battus par la mer, d'autres enfin les touffes d'herbes épaisses des rivages. Ils ne se nourrissent pas exclusivement de poissons; car, lorsqu'ils peuvent saisir quelque oiseau aquatique, un albatros, une mouette, ils n'en manquent guère l'occasion. Pendant leur séjour à terre ils ne mangent pas, aussi maigrissent-ils beaucoup.

Même en captivité, pour dévorer la nourriture qu'on leur jette ils la plongent dans
l'eau; ils ne se déterminent à manger à sec
que lorsqu'ils y ont été habitués dès leur première jeunesse, ou qu'ils y sont poussés par
une faim extrême.

Quand les phoques veulent sortir de la mer,
ils choisissent une roche plate qui s'avance
dans l'eau en une pente douce par laquelle ils
grimpent, et qui se termine de l'autre par un
bord à pic, d'où ils se précipitent dans les ondes à la moindre apparence de danger. Pour
ramper, ils s'accrochent avec les mains ou les
dents à toutes les aspérités qu'ils peuvent
saisir, puis ils tirent leurs corps en avant en
le courbant en voûte; alors ils s'en servent
comme d'un ressort pour rejeter la tête et la
poitrine en avant, et ils recommencent à s'ac-
crocher pour répéter la même opération à
chaque pas. Néanmoins, malgré ce pénible
exercice, ils ne laissent pas que de ramper
assez vite, même en montant des pentes fort
roides. Le rocher sur lequel un phoque a
l'habitude de se reposer avec sa famille est sa

propriété, relativement aux autres animaux de son espèce. Quoiqu'ils vivent en grands troupeaux dans la mer, qu'ils se protègent, se défendent, s'aiment les uns les autres, une fois sur la terre ils se regardent comme dans un domicile sacré où nul camarade n'a le droit de venir troubler la tranquillité domestique. Si l'un d'eux s'approche pour visiter les pénates de ses voisins, il s'ensuit toujours un combat terrible, qui ne finit qu'à la mort du propriétaire du rocher ou à la retraite forcée de l'indiscret.

Il est rare qu'un mâle n'ait pas trois ou quatre femelles. Il a pour elles beaucoup d'affection, et les défend avec courage contre toute attaque. C'est surtout pendant que ses femelles sont pleines, et quand elles mettent bas, qu'il redouble de soins et de tendresse pour elles. Il les conduit sur terre, leur choisit, à cinquante pas du rivage, une place commode et tapissée de mousses aquatiques pour y allaiter leurs petits. Dès que la femelle a mis bas, elle cesse d'aller à la mer pour ne pas abandonner son enfant un seul instant;

mais cette privation n'est pas de longue
durée, car, après douze à quinze jours, il est
en état de se traîner tant bien que mal, et elle
le conduit à l'eau. Quand le petit est arrivé à
la mer, la femelle lui apprend à nager, après
quoi elle le laisse se mêler pour jouer au trou-
peau des autres phoques, mais sans pour cela
cesser de le surveiller. Lorsqu'elle prend fan-
taisie de gagner la terre pour l'allaiter, elle
pousse un cri ayant, dans le phoque ordinaire,
un peu d'analogie avec l'aboiement d'un
chien, et aussitôt le petit s'empresse d'ac-
courir à sa voix, qu'il reconnaît fort bien. Elle
l'allaite pendant cinq ou six mois, le soigne
pendant fort longtemps, mais aussitôt qu'il
est assez fort pour subvenir à ses besoins, le
mâle le chasse et le force d'aller s'établir
ailleurs.

C'est pendant la tempête, lorsque les éclairs
sillonnent un ciel ténébreux, que le tonnerre
gronde et que la pluie tombe à flots, que les
phoques aiment à sortir de la mer pour aller
prendre leurs ébats. Au contraire, quand le
ciel est beau et que les rayons du soleil échauf-

fent la terre, ils semblent ne vivre que pour
dormir, et d'un sommeil si profond, qu'il est
fort aisé, quand on les surprend en cet état,
de les approcher pour les assommer avec des
perches ou les tuer à coups de lance. A chaque blessure qu'ils reçoivent, le sang jaillit
avec une grande abondance, les mailles du
tissu cellulaire graisseux étant très-fournies
de veines; cependant ces blessures, qui paraissent si dangereuses, compromettent rarement la vie de l'animal, à moins qu'elles ne
soient très-profondes; pour le tuer, il faut
atteindre un viscère principal ou le frapper
sur la face avec un pesant bâton. Mais on ne
l'approche pas toujours facilement, parce que,
lorsque la famille dort, il y en a toujours un
qui veille et qui fait sentinelle pour réveiller
les autres s'il voit ou entend quelque chose
d'inquiétant. On est obligé de lutter, pour
ainsi dire, corps à corps avec eux, et de les
assommer, car un coup de fusil, quelle que
soit la partie où la balle les aurait frappés, ne
les empêcherait pas de regagner la mer,
tellement ils ont la vie dure. Quand ils se

voient assaillis, ils se défendent avec courage ;
mais, malgré leur gueule terrible, cette lutte
est sans danger, parce qu'ils ne peuvent se
mouvoir assez lestement pour ôter le temps
au chasseur de se dérober à leur atteinte.
Faute de pouvoir faire autrement, ils se jettent sur les armes dont on les frappe, et les
brisent entre leurs redoutables dents. Entre
les muscles et la peau les phoques ont une
épaisse couche de graisse, dont on tire une
grande quantité d'huile qui s'emploie aux
mêmes usages que celle de baleine, et qui a
sur elle l'avantage de n'avoir pas d'odeur.
Quelques espèces de cette famille ont une
fourrure plus ou moins grossière, dont néanmoins on fait des habits chez les peuples du
Nord. Les Américains emploient les peaux
les plus grossières à un usage singulier : ils
en ferment hermétiquement toutes les ouvertures et les gonflent d'air comme des vessies;
ils en réunissent une demi-douzaine, plus ou
moins, les fixent au moyen de cordes, placent
dessus des joncs ou de la paille, et forment
ainsi de très-légères embarcations, sur les-

quelles ils osent entreprendre de longs voyages sur leurs grands fleuves et leurs immenses lacs. Avec ces peaux, les Kamtschadales
font des baïdars, sorte de pirogue; ils font
aussi de la chandelle avec la graisse, qui en
même temps est une friandise pour eux. La
chair fraîche de ces animaux est leur nourriture ordinaire, quoiqu'elle soit très-coriace et
qu'elle ait une odeur forte et désagréable ; ils
en font sécher au soleil, ou ils la fument, pour
leur provision d'hiver. Les Anglais et les Américains de l'Union sont les seuls peuples, je
crois, qui fassent en grand, et sous le rapport
commercial, la chasse des phoques. Ils entre-
tiennent chaque année plus de soixante navires de deux cent cinquante à trois cents tonneaux au moins, uniquement équipés pour cet
objet.

Pris jeune, le phoque se prive parfaitement
et s'attache à son maître, pour lequel il
éprouve une affection aussi vive que celle du
chien. De même que ce dernier, il reconnaît
sa voix, lui obéit, le caresse, et acquiert facilement la même éducation, en tout ce que son

organisation informe lui permet. On en a vu
auxquels des matelots avaient appris à faire
différents tours, et qui les exécutaient au commandement avec assez d'adresse et beaucoup
de bonne volonté. A une grande douceur de
caractère, le phoque joint une intelligence
égale à celle du chien. Aussi est-il remarquable que de tous les animaux il est celui qui a
le cerveau le plus développé, proportionnelle-
ment à la masse de son corps. Il est affec-
tueux, bon, patient; mais il ne faut pas que
l'on abuse de ces qualités en le maltraitant
mal à propos, car alors il tombe dans le désespoir, et il devient dangereux. Pour le conserver longtemps et en bonne santé, il est indispensable de le tenir, pendant la plus grande
partie du jour, et surtout lors de ses repas,
dans une sorte de cuvier ou de grand vase à
demi rempli d'eau; la nuit, on le fait coucher
sur la paille. Ainsi traité, et nourri avec du
poisson, on peut le garder vivant pendant
plusieurs années. Mais s'il a déjà quitté sa
mère depuis quelque temps quand on le
prend, le chagrin de l'esclavage s'empare de

lui, il est triste, boudeur, refuse de manger, et ne tarde pas à mourir.

Les phoques manquent généralement d'oreille externe; leur corps est entièrement couvert d'un poil doux, soyeux et lustré chez les uns, grossier, rude et hérissé dans d'autres. Leurs pieds, larges et membraneux, ont cinq doigts; et les pattes sont soudées longitudinalement à la queue, ce qui leur donne absolument la forme échancrée d'une queue de poisson. En nageant, ils lèvent au-dessus de l'eau leur tête arrondie, portant de grands yeux vifs et pleins de douceur; leurs épaules arrondies paraissent aussi à la surface, de manière que, vus à une certaine distance, on a fort bien pu les prendre pour des figures humaines, et de là, sans aucun doute, les anciens ont tiré leur fable des sirènes

**FIN.**

# TABLE.

—

## LE DERNIER SURVIVANT DE LA SARAH.

## NAUFRAGÉS!

FIN DE LA TABLE.

———

Limoges. — Impr. EUGÈNE ARDANT et Cᵢᵉ.